우리가 정말 사랑을 알까

우리가 정말 사랑을 알까

정수남 스마트소설

문학나무

|작가의 말|

작은 것들의 힘

  사람들이 요즘은 모두 이구동성으로 세상 돌아가는 게 어지럽다고들 한다. 정치도, 사회도, 환경도 모두 그렇다는 것이다. 거기에 갈수록 지능화되어가는 AI까지 한몫하고 있어 혹자는 미래까지 걱정하는 실정이다. 그 말에 대해서는 나도 부정할 수가 없다. 더욱 안타까운 건 그에 대한 원인 규명은 되었으나 소위 큰 사람이라고 일컫는 지도자들이 내놓는 대책이란 게 미미하기 짝이 없어 불안을 증폭시키고 있다는 점이다. 세상이 온통 그런 판국인데 누가 한가롭게 소설을 읽을까, 염려스러운 것도 사실이다.
  그러나 나는 그런 속에서도 그동안 내 안에 갇혀 있던 25편의 내 작은 자식들을 또 세상에 내놓는다. 어느 지인은 이를 두고 무모한 짓이라고 머리를 흔들기도 하였다. 그러나 나는 작은 것의 아름다움과 작은 것의 힘을 믿는다. 작은 것은 차돌처럼 야무지고, 강하고, 강철처럼 견고하지만 자기를 결코 자랑하거나 앞세우지 않는다. 입만 열면 잘났다고 떠들어대는 지도자들과는 달리 묵묵히 자기 갈 길을 걸을 뿐이다. 몇 년 전부터 작지만 옹골찬 그것들이 내 안에서 나를 잡고 놓지 않았다. 보기에는 고만고만한 것 같지만, 모양과 색깔은 각기 다른 녀석들. 그 아이들이 내뿜는 소리 없는 힘. 등단 40여 년의 내 문학을 정리하며 내놓는 그 아이들이 작은 것들의 힘으로 어지러운 세상을 변화시키는 작은 씨앗이 되었으면 하는 마음이다.

  소설의 목적은 분명하다. 진실한 사회탐구와 진실한 인간탐구. 그러나 그것을 찾아가는 접근법은 세상 사람들만큼이나 제각기 다르다. 반드시 덩치가 커야 목적을 이루는 것은 아니다. 작아도 그 속에 소설적 요소를 고루 갖추고, 기승전결이 분명하면 충분히 그 목적을 이룰 수 있다고 자신한다.

  오늘도 나는 문학공작소를 나와 봉일천 둑을 걷는다.
  요즘 들어와서는 그곳을 찾는 게 나의 일과가 되었다. 내가 그곳을 찾는 이유는 간단하다. 그곳에 가면 내가 볼 수 없던 경이로운 세계를 목격할 수 있기 때문이다. 지금 그곳은 매우 바쁘다. 자그마한 벌레들로부터 길섶에 나앉은 이름 모를 풀들까지 모두 숨 가쁘게 움직인다. 그러나 그들은 작지만 서로 다투지 않는다. 지도자가 없어도 평화롭고 질서정연하게 서로서로 어깨동무하고 자기의 삶을 살아간다. 거기를 걷다 보면 나는 오히려 그 세상에 들어가 살고 싶은 충동을 느끼기도 한다. 작은 이들만의 세상. 아마 그래서 내가 더 자주 그곳을 찾는 것인지도 모른다. 특히 봄바람이 불기 시작하자마자 서둘러 꽃대를 올린 민들레가 이제는 솜털 같은 홀씨를 날릴 채비를 하는 것을 볼 때는 나도 모르게 작아지는 것을 느낀다.

따지고 보면 지금까지 내가 사랑하던 사람들도 모두 작은 존재들이었다. 민들레 홀씨 같은 그들은 지금 모두 어디로 날아가 무엇을 하고 있을까. 나는 둑길을 거닐며 가끔 그들과 함께 웃고, 떠들고, 싸우고, 사랑하던 때를 떠올리며 혼자 쓸쓸히 웃곤 한다. 그들이야말로 나에게는 정말 잊지 못할 고마운 존재들이다. 그들이 있어 내가 소설을 아직 붙들고 갈 수 있다고 믿기 때문이다.

며칠 동안 바람이 심술을 부리고, 날씨가 종잡을 수 없을 만큼 변덕을 부려 나서지 못하다가 나온 탓일까.

그동안 풀들이 많이 자라 있었다. 어느새 풀대도 튼실해졌고 이파리도 초록색으로 짙어져 있었다. 그것들을 내려다보던 나는 새삼 작은 것들의 힘이 무엇이라는 것을 다시 느꼈다. 고마웠다. 고맙고 반가웠다. 이제 막 세상을 향해 나가는 작은 씨앗의 내 자식들 같았다.

  이 책이 나올 수 있도록 인도하신 하나님께 감사드린다.

2025. 5. 20.
파주 봉일천 문학공작소에서

스마트소설
우리가 정말 사랑을 알까

차례

작가의 말
작은 것들의 힘　004

사랑의 향기　012

껍데기　023

아름다운 황혼　029

앵무새가 실종된 이유는　035

황제의 종말　042

운수 나쁜 날　047

무제　062

그러나 우리는 짖지 않았다　068

할머니의 고향　075

덧없는 노래　082

아낙군수　089

메아리　095

꽃돼지의 미소　101

발문 | 황충상 소설가
인생 사유의 드넓은 글 208

출행 108
어느 날, 하루 114
슬픈 죽음 120
앞이 캄캄합니다 126
우리들의 나라 136
아, 옛날이여 149
허상의 하늘 156
아름다운 사람 163
자유는 아름답다 175
인과응보 182
그해 겨울은 따뜻했네 188
우리가 정말 사랑을 알까 196

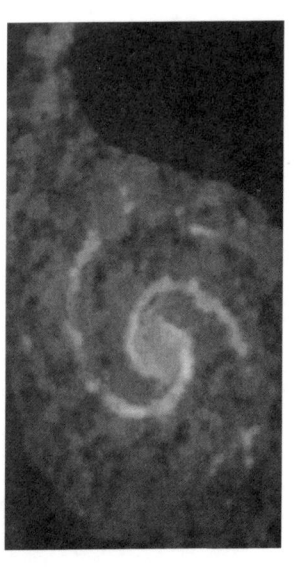

소설의 목적은 분명하다. 진실한 사회탐구와 진실한 인간탐구. 그러나 그것을 찾아가는 접근법은 세상 사람들만큼이나 제각기 다르다.

사랑의 향기

 사람의 일은 아무도 모른다.

 남자와 여자의 사랑이란 더욱 그런 셈이었다.

 열 길 물속은 알아도 한 길 사람 속은 모른다는 말은 하나도 그른 데가 없었다. 특히 남녀의 관계란 그 속내를 짐작할 수 없는 일로, 언제 무엇에 어떻게 끌렸는지 예측하기 힘들었다. 그것은 또 대부분 은밀히 진행되는 까닭에 좀체 그 꼬리도 잡을 수가 없었다.

 208동 306호의 장상걸 씨(65세)의 경우가 그랬다. 그가 언제부터 길 건너 골목에 있는 '옛날식당'이란 이름의 작은 음식점 아줌마와 정분이 났는지는 누구도 짐작하지 못했던 일이었다. 그 일로 말미암아 결국은 아내로부터 이혼 소송을 당하고 적신으로 쫓겨났다는 소식이 단지 안에 퍼졌을 때야 비로소 우리는 부랴부랴 진상 파악에 나서게 되었으니까……. 그렇다고 장상걸 씨의 앞날에 대한 걱정이나 안타까움 때문은 아니었다. 그보다는 평소 나이에 걸맞게 늘 행동이 점잖고 고지식했던 그런 사람도 그와 같은 일을 저지를 수 있다는 호기심이 더 컸다고 할 수 있었다.

그런 까닭에 단지에 오래 거주한 사람들은 오다가다 낯익은 얼굴을 만나게 되면 누가 먼저랄 것도 없이 그 일을 꺼내놓고 입방아를 찧고 있었다.

"이게 도대체 뭔 일이래?"

"글쎄 말이에요. 말세라는 말이 맞긴 맞는 모양이에요. 그렇게 꼬장꼬장하고 점잖은 늙은이까지 그런 짓거리를 했다는 걸 보면……."

"아, 이 여자야, 사랑에 젊은이 늙은이가 어디 있어?"

"그래도 그렇지요. 아무리 백세시대라고는 하지만 환갑도 지난 사람이 식구들 몰래 그런 짓거리를 했다는 게 말이나 돼요? 자식들 부끄럽게."

"아, 점잖은 고양이가 부뚜막에 먼저 올라간다는 말도 못 들었어?"

한참 이야기를 주고받던 여자들은 너나없이 깔깔거리기 일쑤였다.

장상걸 씨 아내는 참지 않았다. 도도하고 단호한 성품대로 장상걸 씨를 칼같이 잘라냈다. 2단지 부녀회장을 역임한 면모를 유감없이 발휘한 셈이었다. 하긴, 누군들 40여 년 동안 한 이불을 쓰고 살 맞대고 살던 사람한테 그런 일을 당하고도 가만히 있을 위인이 있겠는가. 우리가 사건의 진상을 알게 된 것도 따지고 보면 그의 아내가 동네방네 떠벌리고 다닌 탓이었다.

"조금 똑똑한 년 하고나 붙었다면 내가 말도 하지 않겠어요. 솔직히 말해서 그년이 저보다 나은 데가 어디 있어요? 허리와 엉덩이가 구별할 수 없을 만큼 펑퍼짐한데다가 세수하지 않은 것 같은 누리끼리한 얼굴은 노상 부스스하고, 날마다 입고 있는 그 뭐냐, 장미꽃 무늬 있는 낡은 몸뻬바지에서는 썩은 된장 냄새 고추장 냄새나 풍기고……. 그래서 나는 그 식당 근처에는 얼씬도 하지 않는데, 그 작자가 언제 가서 그렇게 붙었는지, 정말 세상일은 아무도 모른다는 말, 맞아요."

머리를 꼿꼿이 세운 그의 아내는 조금도 분을 감추지 않았다. 제 얼굴에 침 뱉기라는 우리의 충고 따위는 귓등으로 흘린 채 돌아다니며 사람을 만날 적마다 기관총처럼 쏟아냈다. 그 여자와 '옛날식당'에 관한 험담으로부터 시작된 그녀의 막말은 결국 자신과의 비교를 넘어 남편인 장상걸 씨를 악담하는 것으로 귀결되곤 하였다. 그녀가 그렇게 입에 게거품까지 물어가며 떠들어대는 이유는 자신의 행위를 정당화시키는 것과 아울러 내쫓은 장상걸 씨를 이참에 얼씬거리지 못하도록 개망신 주겠다는 의도가 깔린 게 분명했다.

그녀의 말인즉슨, 그 여자가 먼저 꼬리를 친 게 아니라는 것이었다. 대로변도 아닌, 골목 뒤쪽의 허름한 식당을 홀몸으로 꾸려가려면 월세 내기에도 빠듯할 터이고, 더구나 수더분한 게 언감생심 그런 일 따위를 벌일 정도로 약삭빠르지도 이악스럽지도 못하더라는 것이었다.

"내가 벌써 다 조사해 봤어요."

그녀는 그런데도 두 사람이 떨어지면 죽고 못 살 정도가 되었다는 것은 전적으로 장상걸 씨의 단독책임이라고 단정했다.

"그렇다고 얼굴이 반반하길 해요, 가진 게 있어요, 배운 게 있어요? 뭐 하나 변변한 게 없는 년인데, 저 작자가 미쳐서 돌아간 걸 보면 그건 순전히 뜨신 밥 먹고 등 따듯하니까 할 일이 없어서 지랄을 떤 게 분명하다니까요. 사내들이란 그저 조금만 방심해도 딴생각하니까 조심하라는 옛 어른들의 말, 이제야 정말 실감했다니까요."

그의 아내는 기세등등했다.

우리가 생각해도 그건 불가사의한 일이 아닐 수 없었다. 평교사이긴 하지만 한평생 고등학생을 가르치던 사람이라면 그래도 앞뒤는 분간할 줄 알 터인데, 정년퇴직한 지 몇 년 되지도 않은 사람이 그런 불미스러운 일을 저질렀다는 것을 보면 정말 남녀의 사이란 예측할 수 없다는 게 분명했다. 더구나 그의 아내는 단지에서도 알아주는 세련되고 늘씬한 미인 아닌가. 허리도 꼿꼿했고, 엉덩이도 그 여자처럼 처지지 않았으며, 나이에 어울리지 않을 만큼 목소리도 기름기가 돌지 않는가. 보톡스를 맞았다는 뒷소문이 돌긴 했으나 늘 짙게 화장하고 다니는 얼굴에서는 주름살도 찾아보기 힘들 정도였다. 어디 그뿐인가. 곁을 지나칠 적마다 온몸에서 풍기는 고급 향수 냄새는 맡을 적마다 콧속을 상큼하게 만들었다. 그러므로 누가 봐도 그녀와 그 여자는 견줄 수가 없는 상대였다.

그녀가 분노하는 것 가운데 또 하나는 자신이 지금까지 겉과 속이 다른 그런 남자와 40년이 넘도록 자식새끼 셋씩 낳고 살았다는 것이었다.

"헤어지기로 결심하니까 속이 다 시원해요. 왜 그동안 애면글면하면서 그런 작자와 살았는지 억울하기 짝이 없을 정도라니까요. 그러니 어쩌겠어요. 보상받을 수 없는 과거지사는 제쳐두고, 이제라도 그런 작자의 검은 속내를 알게 되었다는 걸 감사하게 생각하며 살아야죠. 안 그래요?"

우리가 그래도 자녀들을 봐서 이번만큼은 혼찌검만 내고 용서하는 게 좋지 않으냐고 하였으나 그녀는 미련이 없다는 얼굴로 머리를 흔들었다. 그 버릇 고칠 것 같아요? 그녀는 강아지와 다른 게 사내들이라고 했다.

"이혼이요? 그게 뭐 흉이 됩니까? 요즘은 두 집 건너 한 집꼴인데……. 그걸 알면서도 저한테 이 눈치 저 눈치 보며 살라고요? 그걸 용서라는 베일로 덮고, 남은 삶을 속 끓이며 사느니, 늦은 감은 있지만 이제라도 싹 갈라서서 둘 다 솔직하게 따로따로 사는 게 낫다고 생각했어요, 저는. 그래서 결단을 내린 거예요."

그래도 우리는 그녀가 몽둥이를 들고 그 식당으로 쳐들어가 그 아줌마의 머리끄덩이를 잡아채지 않은 것만을 그나마 다행이라고 여겼다. 곁에 섰던 누군가가 그 말을 꺼내자 그녀는 그것도 생각해보지 않은 것은 아니나 자식들의 간청이 있었기 때문에 참았다고 했다.

"이미 깨진 독인데 남사스럽게 뭘 그런 짓까지 해요."

그 바람에 하루아침에 쪽박 신세가 된 사람은 장상걸 씨였다. 빈털터리로 아파트에서 쫓겨난 그는 거지나 다름없었다. 아파트는 물론이고 퇴직금과 그동안 먹을 것도 제대로 먹지 않고 애써 모았던 비상금까지 몽땅 아내에게 빼앗긴 모양이었다. 그뿐만이 아닌 듯했다. 소문으로는 노후 대책으로 분양받아 월세를 놓았던 길 건너 상가 건물의 소유권도 벌써 아내의 차지가 되었다는 것이다.

"그럼 장 선생은 앞으로 어떻게 살아간대?"
"글쎄 말이에요. 하루아침에 집도 절도 없는 신세가 되어버렸으니……"
"싸지, 뭐. 그러니까 누가 그런 짓을 하래?"
"그래도 불쌍하잖아요."
"불쌍하긴. 그러니까 누가 뿌리를 함부로 놀리래?"
"뿌리요?"
"그럼 그게 뿌리가 아니고 뭐야? 예부터 사내가 패가망신 당하지 않으려면 뿌리 세 개를 잘 놀리라고 했어. 그게 뭔 줄 몰라? 혀뿌리, 손뿌리, 거기 뿌리!"
"아, 그거요? 그렇담 이제부터는 두 사람이 터놓고 같이 살면 되겠네요."
"이 아줌마는 오지랖도 넓어. 아니, 지금 우리가 그 사람이 앞으로 어찌 살아갈까, 그 걱정까지 하게 생겼어? 내 코가 석 자인데……"
의견은 우리 사이에서도 분분했다. 도덕적 잣대로 성

토하는 여자들이 있는가 하면 동정하는 여자들도 있었고, 또 한편에서는 황혼의 사랑이 얼마나 아름답냐고 오히려 두 사람을 부러워하는 여자들도 있었다.

 장상걸 씨는 그래도 편안한 얼굴이었다. 쫓겨난 뒤 공원 옆에 있는 허름한 원룸을 빌려 사는 형편이었으나 그동안 그걸 숨기기 위해 속을 썩여야 했는데 앞으로는 그럴 필요가 없게 되어 오히려 마음이 시원하다고 토로했다.
 "날아갈 것 같아요."
 그래서 그럴까. 그런 말을 스스럼없이 내뱉는 그의 얼굴은 칠십 가까운 노인네답지 않게 오히려 젊어 보였다.
 연말 송년회를 한다고 단지의 여자들이 몇 명 모인 자리에 난데없이 나타난 그는 아내였던 그녀가 동네방네 떠벌린 그에 대한 나쁜 소문을 일신시켜야겠다는 얼굴로 그동안 자신이 겪었던 고충을 솔직하게 털어놓았다. 그의 말에 의하면 그 여자를 만나게 된 것은 우연히 시작되었다고 했다. 아내가 동창들을 만나기 위해 서울 나들이를 간 어느 날-사회 활동 등으로 그의 아내는 그렇지 않아도 집을 비우는 날이 많았다-혼자 점심을 먹기 위해 찾았던 게 계기가 되었다고 했다.

"사람의 인연이란 정말 이상한 데서 시작되는 것인가 봐요."

그날따라 그 식당의 취나물이 그의 입맛에 맞은 모양이었다. 그는 마치 옛날 어머니가 해주던 맛, 그동안 잊고 있던 고향 맛 같은 그것을 안주 삼아 막걸리 한 병을 다 비웠다고 했다. 그렇게 빈 접시가 되기를 몇 번, 그럴 적마다 그 여자는 얼굴도 찡그리지 않고 다시 갖다주곤 하더라는 것이었다. 그때 처음으로 그 여자를 눈여겨보게 되었는데, 그러나 그것은 동기였을 뿐, 시작은 아니었다고 했다. 정작 두 사람이 통속소설의 한 장면처럼 남몰래 만나게 된 것은 그다음 다음 날, 저녁 무렵 공원 산책길에서 우연히 마주치게 된 뒤부터였다고 했다.

"그때 왜, 그 얼굴에서 제 어머니를 떠올렸을까요?"

그는 그 만남을 일컬어 숙명이라고 주장했다.

남녀의 사랑이란 게 거의 다 그런 식으로 진행되곤 하지만, 인사를 겸해서 말 몇 마디 나누는 동안 그는 그 여자의 순박하고 어눌한 말투가 맘에 들었다고 했다. 마치 그날 먹었던 취나물 맛 같더라는 것이었다. 그 여자는 아내와 달라서 되바라진 데도 없었고, 아내처럼 늘 바쁘지도 않았고, 자신을 무시하는 말투도, 눈빛도 보이지 않았다고 했다. 더구나 둘이 그렇고 그런 사이가 된 뒤에도 양심의 가책을 느낀다면서 그만 아내에게 돌아가라고 여러 차례 손사래를 치기도 하였다는 것이다.

"그 여자한테서는 아내와 같은 향수 냄새가 나지 않았어요. 늘 식당에서 일해 그런지는 몰라도 양념장 같은 냄새가 났어요. 아내가 소문내고 다니는 것처럼 정말 된장 냄새도 났고요. 그런데 이상하지요? 그 냄새를 맡을 때마다 나는 그동안 잊고 있던 내 고향 냄새 같아서 좋았어요. 거짓말이 아니라니까요? 그 냄새 속에서 문득 그동안 잊고 있던 어머니의 얼굴도 떠올랐고요. 왜 그랬는지는 저도 모르겠어요. 아무튼 저한테는 지금도 그런 느낌으로 다가와요, 그 여자가."

그는 허허롭게 웃었다. 그럴 때 그의 시선은 정말 그가 어릴 적 떠났다는 고향을 바라보는 듯 허공을 맴돌고 있었다. 콩깍지가 씌었다는 둥, 제 눈에 안경이라는 둥, 여자들이 마구 지청구를 던졌으나 그는 대꾸도 하지 않았다. 그런 말을 한 귀로 흘려듣는 듯 오히려 당당한 얼굴이었다.

우리는 그날 부끄러워하거나 계면쩍어하지 않는 그의 얼굴에서 새삼 사랑이 무엇인가를 다시 한번 되새겨볼 수 있었다. 그렇다면 우리 사랑은 언제 어디에서 어떻게 시작되었지? 나는, 너는? 그러나 아무리 생각해도 분명 한 남자를 만나 사랑하고 자식까지 낳았는데, 사랑 그 자체는 안개 속에 갇힌 듯 가물가물했다. 더구나 사랑의 향기 따위는 잊은 지가 벌써 오래된 것 같았다.

 몇 달 후 장상걸 씨는 '옛날식당'을 처분한 그 여자와 함께 영영 우리 곁을 떠났다. 그 식당 자리에는 과일가게가 새로 들어왔다. '옛날식당'이라는 낡고 보잘것없던 간판 대신 '스마일과일가게'라는, 아크릴로 된 큰 간판이 화려하게 들어선 것도 그 무렵이었다. ✯

껍데기

 백이 다시 흰소리를 내뱉기 시작했다.
 "그날 방배동 카페 골목 좀 시끄러웠지."
 땀을 연신 훔쳐내면서도 백은 입을 멈추지 않았다. 방배동 사건. 그거라면 이제는 가보지 않은 그 골목까지 눈에 그려질 정도였다. 조금 지나면 또 그때 그가 그 다섯 명을 때려눕힌 대목이 튀어나올 게 틀림없었다. 조금 늦게 사우나탕에 나타난 빼빼청년도 그쯤은 익히 알고 있다는 듯 입가에 웃음을 베어 물고 있었다. 그가 추임새를 놓듯 말끝마다 '그래서요?' 하자, 백은 더욱 신바람이 난 듯 말이 빨라졌다.
 "그놈들도 다 한 가닥씩은 하는 놈들이었어. 그러니까 술집을 전세 낸 것처럼 까불어댄 거 아니겠어? 근데 내가 누구야? 그걸 보고 그냥 넘어갈 사람이야? 술

병이 깨지는 소리가 들리고, 미스 차의 비명소리가 들리자마자 자리를 박차고 일어나 녀석들 테이블 위로 잽싸게 뛰어올랐지. 지금은 비록 늙어 내가 이래보여도 그땐 정말 날랬거든. 뛰어오르는 것과 동시에 맞은편에 앉아 있는 놈 턱주가리부터 냅다 걷어차 버렸지! 그러니 어떻게 되었겠어? 술집은 그때부터 난장판이 되고 말았지. 사방으로 피가 튀고, 미스 차가 내 바짓가랑이를 붙들고 울고불고, 백차가 뜨고……."

그날따라 캭캭거리는 웃음까지 섞어가며 내뱉는 백의 목소리가 유난히 더 크게 들렸다. 그 뒷말은 듣지 않아도 뻔했다. 백에게 당한 그 다섯 명이 지명수배가 내려진 조폭 끄나풀이었다는 것……. 그러나 백의 이야기는 언제나 거기에서 끝나는 법이 없었다. 이번엔 키가 190센티에 몸무게가 120킬로그램이나 나가는 거쿨진 녀석을 대낮에 무교동 술집 앞에서 떡을 만들어놨다는 이야기가 나올 차례였다.

땀으로 범벅이 된 백이 손짓 몸짓까지 섞어가며 입에 게거품을 물때에도 나는 대꾸 한마디 하지 않았다. 그렇다고 그의 말을 믿지 않는다는 것은 아니었다. 그보다는 오히려 믿는다는 편이 옳았다. 덩치만 봐도 그랬다. 우락부락한 근육이야 나이가 들면서 빠졌다고 하더라도 80킬로에 육박하는 몸무게와 떡 벌어진 어깨,

굵은 목덜미, 실팍한 장딴지 등은 정말 한 시대를 잘 풍미했다고 봐야 할 것 같았다. 다만 내가 시큰둥해하는 것은 목욕탕에서 만날 때마다 그 이야기를 귀가 아프도록 들어 이젠 식상한 탓이었다. 그것은 비단 나 혼자만이 아닐 터였다. 한낮에 찾는 백조 대중사우나의 단골손님들이라면 모두 넌더리를 낼만큼 듣고 또 들은 이야기였다.

그의 괄괄한 입담은 내가 비취 사우나탕을 나와 냉탕에 들어갔다 나온 후에도 계속 따라다녔다. 무교동이 끝나자 이번엔 영등포가 나왔다. 그래도 내가 딴청을 부리자 그는 빼빼 청년을 붙잡고 떠들어댔다. 그런데 이상한 것은 빼빼 청년이었다. 그는 여전히 백에게 찰싹 달라붙어 '그래서요?' 하며, 관심을 보이고 있었다. 비죽비죽 웃는 그의 웃음이 무엇을 의미하는 것인지는 알 수 없었지만 나는 그날따라 더욱 앙상하게 드러난 갈비뼈가 마치 전봇대를 보는 것 같은 그가 영 마뜩찮았다.

"그놈들은 당시 영등포에서 이름깨나 날리던 도끼파 행동대원들이었어. 하지만 그건 내가 나중에 안 것이고, 싸울 땐 아무것도 몰랐지. 영등포 시장 안에 있던 황금마차 비어홀에서 붙었는데, 정말 가관이었어. 영화 속 주인공이 따로 없었다니까."

차가운 물 한 바가지를 떠서 정수리에 부은 백이 캬캬거리며 일어나 갑자기 옛 생각이 난다는 듯 허공을 향해 두 주먹을 두어 번 힘차게 뻗었다. 그러자 곁에 앉아 있던 빼빼 청년이 발라맞추듯 따라 웃었다.

그때였다. 출입문을 밀고 건장한 체격의 청년 두 명이 들어섰다. 백조 대중 사우나에서는 처음 보는 얼굴들이었다. 그들이 등장하자 목욕탕 안의 사람들은 갑자기 긴장하기 시작했다. 그도 그럴 것이 한 사람의 등짝에는 호랑이, 또 한 사람의 등짝에는 여의주를 물고 있는 용의 문신이 선명하게 새겨져 있는 게 첫눈에도 평범한 인물로 보이지 않았기 때문이었다. 어디 그뿐인가. 하나같이 쫙, 째진 눈초리가 매서운 그들은 스포츠형 머리에 근육으로 다져진, 군살 하나 없는 몸집이었다. 더구나 용의 문신을 한 사람의 뱃구레에는 페르시아 칼같이 생긴 흉터가 가로로 길게 그어져 있었다.

낯설 터인데도 그들은 들어서자마자 제 세상을 만난 양 거침없이 활보했다. 수건 하나씩 들고 사우나탕에서 땀을 뺀 뒤 냉탕에서 몸을 식히고는 다시 사우나탕으로 들어가는 행위를 몇 차례 반복했다. 얼마나 지났을까. 조마조마한 마음으로 지켜보던 나는 그들 가운데 호랑이 문신이 빼빼 청년의 아래위를 훑어보는 것을 목격했다. 그는 마치 뭐 이렇게 비쩍 마른, 무녀리 같은 놈이 다 있는가, 하는 눈빛이었다.

 가슴이 철렁해진 나는 슬그머니 백을 돌아보았다. 빼빼 청년과 맞부딪치면 결국 도와줘야 할 사람은 백밖에 없다는 생각과 함께 지금이야말로 그의 솜씨를 직접 눈으로 확인할 수 있는 좋은 기회였기 때문이었다. 그러나 무엇 때문인지는 몰라도 조금 전까지 캬캬거리며 기세등등하게 떠들어대던 백은 고개를 숙인 채 입을 굳게 다물고 있었다. 그러나 일은 거기에서 그치지 않았다. 무슨 배짱으로 그랬는지는 알 수 없으나 그들과 눈이 마주친 빼빼 청년이 벌떡 일어나 시비조로 고함을 질러댄 것이었다.

 "뭘 봐?"

 그는 거기에서 한술 더 떠 가소롭다는 투로 웃고 있는 두 사람 앞으로 바투 다가가 곤댓짓까지 해가며 을러댔다.

 "왜 웃어? 내가 우습게 보여?"

 나는 그가 백을 믿고 덤빈다는 것을 금방 알 수 있었다. 그것은 나도 마찬가지였다. 그러나 웬일일까. 조금 전까지 온탕 앞에 마련된 좌대에 퍼질러 앉아 눈길도 마주치지 않고 비누칠을 하던 백이 어디로 갔는지 보이지 않았다.

 줄행랑……. 나는 돌아앉아 혀끝을 찼다. 허망하기

짝이 없었다.

 다행히 그날 싸움은 문신을 한 청년들이 거들떠보지 않는 바람에 더 이상 확대되지는 않았다. 앞뒤 모르고 을러대던 빼빼 청년도 뒤늦게 백이 사라진 것을 알게 되자 더는 나대지 못하고 쫓기듯 구석으로 물러앉아 더운물을 끼얹고 있었다. 전봇대 같은 그의 몸통이 가늘게 떨리는 것을 보면서 나는 문득 껍데기를 떠올렸다.

 나는 큰소리로 때밀이를 불렀다. 평생 때밀이에게 몸통을 맡긴 적이 없었으나 그날만큼은 왠지 때를 박박, 밀지 않고는 도저히 견딜 수가 없을 것 같았다. 때밀이 매트에 길게 누운 나는 갑자기 내 몸에서 이상한 악취가 풍기는 것을 느꼈다. 쓰레기통에서 금방 빠져나온 것 같은 그 악취는 때를 밀고 있는데도 쉽게 가시지 않았다.

 다음에 만나도 백은 여전히 방배동, 무교동, 영등포를 들먹거릴까. 열대야가 며칠째 이어지는 여름철인데도 백조 대중 사우나는 그날도 뜨거운 수증기를 계속 뿜어대고 있었다. ✤

아름다운 황혼

"오랜만이군, 잘 지냈나?"

- 자네가 웬일인가, 이 시간에.

"자네 귀빠진 날 아닌가, 오늘이. 그래서 전화했지. 그래, 생일상은 받았나? 하기야 자네야 계수씨가 늘 곁에 계시니까 걱정할 건 없지……."

- 내 생일은 어떻게 알았어?

"아, 이 사람아. 그렇게 말하면 내가 섭섭하지. 내 생일이 동짓달 아흐레이고, 자네 생일이 사흘 뒤인 열이틀날인데, 내가 그걸 잊을 리가 있겠는가."

- 딴은 그렇군. 아무튼 자네 총기 하나는 아직껏 살아 있구먼. 그래, 몸은 건강한가?

"그냥저냥 해. 우리 나이에 건강하다고 말할 사람이 몇 명 되겠는가. 그냥 아직 사지 놀리고, 눈 밝고, 귀

어둡지 않다면 그것만으로도 감사할 따름이지."

- 아이들도 모두 잘 있고?

"그럼 너무 잘 있어서 걱정이지. 어떤 날은 코빼기도 볼 수 없어서 탈이지만……."

- 아니, 그건 또 무슨 소리인가?

"어떤 날은 아침에 눈을 뜨고 일어나면 벌써 모두 나가버리고 아무도 없을 때도 많아. 밥그릇만 식탁에 덩그러니 놓여 있고……. 뭐, 그래야 경쟁사회에서 남에게 뒤떨어지지 않고 산다나……."

- 며느리도 나가나?

"말하면 뭣하나. 아들은 그래도 내 새끼거니 하니까 덜 미워요. 며느리는 소위 대학교에서 아이들을 가르친다는 지식인이 아닌가 말이야. 그런데 이건 못 배운 사람들보다 더 바빠요. 하기야 그 덕분에 제법 산다는 소리를 듣는지는 모르지만, 아무튼 나는 그게 도무지 못마땅해."

- 그래도 밥상은 차려놓는구면.

"그래, 그건 그래서 고맙게 생각하고 있어. 하지만 혼자 먹는 밥이 어디 맛이 있겠는가. 살기 위해 억지로 먹는 거지."

- 옛날 생각이 나겠구면, 그럴수록. 삼대가 한 상에 둘러앉아 먹던 그 시절이…….

"그걸 말해 무엇하나. 아니, 세상 좀 천천히 살면 어떤가. 그런다고 하루 여섯 끼 먹고 사는 것도 아니지 않은가 말이야. 그렇지만 어쩌겠는가. 내가 한마디 할라치면 이건 당최 늙은이 잔소리로 취급할 뿐, 도통 귓등으로도 들으려고 하질 않으니……."

– 손자가 있지 않은가?

"그 아이? 그 아이도 이젠 자꾸만 남같이 느껴지려고 해."

– 아니, 그게 무슨 소리인가? 그 아이야말로 자네가 눈에 넣어도 아파하지 않을 만큼 예뻐하던 아이 아닌가?

"그랬지, 한 때는."

– 무슨 곡절이 있는 모양이군.

"곡절은 무슨……. 자넨 자식이 없으니까 그걸 잘 모르겠지만, 자식이란 품에 있을 때 자식이라는 옛말 하나도 그른 데가 없다는 걸 나는 요즘 새삼 깨닫고 있네. 그 아이도 마찬가지야. 머리가 컸다고 이젠 내가 다가가도 자꾸만 피해……."

– 그 아이에 대한 자네의 사랑이란 정말 각별했는데.

"지금도 그 마음이야 변할 리 있겠는가. 천륜인걸. 그렇지만 어쩌겠는가. 그 아이에게는 그 아이가 가야 할 길이 그 아이만의 앞날이 있는 것을. 글쎄, 달포 전에는 그 아이가 나에게 뭐라고 그랬는지 아는가. 학원이다 과외다 해서 도무지 얼굴 보기가 힘들던 녀석이 그날은 마침 시험이 끝난 날이어서 방에 있더라구. 옳다구나 했지, 장기나 한판 둘까 하구. 그랬는데 그 녀석이 글쎄 나한테 '할아버지 컴퓨터 게임 할 줄 아세요?' 하는 거야. 나는 그게 뭔 말인가 되물었지. 그랬더니 그 녀석이 앵돌아지면서 그것도 모르는데 뭘 하며 놀자는 거냐고, 오히려 핀잔을 주는 거야. 그리고는 두 말도 않고 핑 나가버리더라니까."

— 몹시 섭섭했겠군, 가뜩이나 정이 많은 사람이.

"말해서 무얼 하겠나. 혼자 있자니 하도 쿨쿨해서, 에라 모르겠다 하고는 벽장에서 양주를 꺼내어 마개를 비틀었지. 아들이 아끼는 것이지만 상관하지 않았어. 까짓 야단 좀 맞으면 그게 뭐 대수인가. 양주 몇 잔에 알딸딸해지니까 고향 생각이 나더군. 공부 잘하는 그놈이 하도 신통방통해서, 팔불출 소리를 들으면서도 상관하지 않고 동네방네 자랑하던 기억이……. 자네도 그때 그러지 않았는가. 개천에서 용 났다고. 그런데 지금 와서 뒤돌아보면 그게 모두 부질없던 짓처럼 느껴져."

— 그게 뭔 소리인가. 세상 모든 늙은이가 그렇게 떠들어도 자네가 그런 소리 하면 안 되지. 자네 아들이야

말로 우리 고향이 자랑하는 인물 아닌가. 지금도 우리가 동네 꼬마들한테 뭐라고 가르치는지 아는가. 자네 아들을 빼닮으라는 거야. 명문 대학에 들어가고, 그 어렵다는 국가고시에 합격하고, 또 똑똑한 배필까지 얻었으니……. 기왕 말이 나왔으니 말이지만, 없는 사람들한테는 정말 하늘처럼 높이 보이는 인물 아닌가, 자네 아들은.

"사람하고는……. 그래서 고작 이렇게 산단 말인가."

- 이 사람아, 그건 자네가 행복에 겨워서 하는 소리야. 여기 사는 사람들은 모두가 한 입으로 자네의 집을 부러워하고 있어.

"아니, 이 이십 층 꼭대기를? 땅도 제대로 밟지 못하는 이곳을? 그건 자네가 이곳에서 살아보지 못해서 그래. 사람이 흙냄새를 맡지 못하면 큰 병 든다는 말은 자네도 들어 보았지? 여기가 바로 그런 곳이야. 눈 뜨면 흙냄새를 맡을 수 있는 고향과는 달라서, 그 냄새 한번 맡으려면 일부러 승강기를 타고 한참을 내려가야 겨우 맡을 수 있어. 그나마 모두 시멘트로 포장을 한 탓에 밟고 설 수 있는 땅뙈기도 한 뼘이나 될까 말까 해."

- 그런가?

"그렇다니까, 내가 왜 거짓말을 하겠어?"

- 정말 그렇다면 부러워할 곳도 아니구먼.

"그래, 이젠 됐네. 자네가 생일상을 받았다니……. 그만 전화 끊으세. 우리 며느리가 알면 눈총 줄 게 분명하구먼."

- 아니, 전화 끊고 뭐 하려고? 할 일도 없는 늙은이들인데 기왕 통화 시작한 거 조금만 더하면 안 되겠나?

"안 돼. 내가 나중에 또 할 테니까, 오늘은 이쯤 해서 그만 끊으세."

- 특별히 할 일도 없으면서 뭘 그러나, 이 사람아.

"왜, 내가 할 일이 없어. 이래 봐도 나 바빠. 지금 컴퓨터 배우러 가야 하는 시간이거든. 컴퓨터를 빨리 배워야 손자놈 동무라도 해줄 것 아닌가. 아들 내외야 바쁘다는 핑계로 챙기지 못하더라도 나까지 뒷짐 지고 있으면 쓰겠어? 할아비인데……. 마침 며칠 전부터 동사무소에서 우리 같은 늙은이들을 위해 무료강좌를 열었더라구. 자, 알겠지? 그러니까 오늘은 그만 끊자구." ✶

앵무새가 실종된 이유는

"자, 이제는 너희들의 세상을 찾아가서 마음껏 날개를 펴고 행복하게 살아라. 그동안 내 욕심 때문에 너희들을 가두고 소유해서 미안하다. 자, 가거라. 이것이 내가 너희들에게 베풀 수 있는 마지막 사랑이다."

아침부터 주인의 태도는 확실히 다른 데가 있었다. 말투도 그랬지만 얼굴에도 전에 볼 수 없던 결연한 의지가 단호히 드러나 있었다. 우리의 깃을 쓰다듬으며 늙은 주인은 마치 옆에 있는 사람에게 말을 건네듯 이야기했다.

이윽고 그는 지금까지 꼭 닫혀있던 창문을 활짝 열어젖혔다. 그리고는 양손에 감싸 안았던 앵순이와 나를 차례로 바깥을 향해 날려 보냈다. 그의 얼굴에는 눈물이 흐르고 있었다. 손길도 파르르 떨렸다. 그날따라 더욱 야위어 보이는 손마디와 굵게 패인 주름살이 이제는 그가 정말 거동조차 버거울 정도로 노쇠했다는 것을 나타내고 있었다.

그것은 전혀 예상하지 못했던 일이었다. 물론 이따금 바깥세상에 대한 동경을 가져보지 않은 것은 아니지만, 그 일이 이렇듯 갑자기 다가올 줄은 꿈에도 몰랐던 것이었다.

마침내 창문이 닫히고 주인의 모습이 시야에서 사라졌다. 하루아침에 쫓기듯 바깥에 나오게 된 나는 한동안 정신을 수습할 수가 없었다. 기뻐해야 할 해방과 자유의 참 의미조차 금세 느껴지지 않았다. 나뭇가지에 걸터앉아 할 일 없이 몇 번 날개를 폈다 오므리던 나는 바람결에 실려 오는 싱그러운 숲의 냄새가 바로 그런 것이 아닐까 생각하면서 비로소 정신을 가다듬기 시작하였다.

하지만 앵순이는 달랐다. 그녀는 굳게 닫힌 창문을 부리로 연신 쪼아대면서 다시 열어달라고 부르짖고 있었다. 애타게 울부짖는 그녀의 울음소리가 숲을 흔들어댔다. 그렇지만 그녀가 늘 자랑하던 가새질 재주와 알랑수를 써보아도 한번 굳게 닫힌 창문은 다시 열리지 않았다.

"문 열어 주세요. 저예요. 사랑하는 앵순이예요. 나

는 앵무새가 아니잖아요. 할아버지가 그러셨잖아요, 나는 사람이라고."

나는 말릴 엄두도 내지 못한 채 그녀의 거동을 잠자코 지켜보고 있었다. 말린다고 들을 그녀가 아니라는 걸 이미 익히 알고 있는 까닭이었다.

그 집에서 지낸 이 년 동안 언제나 늙은 주인 곁에는 우리가 호위병처럼 붙어 있었다. 우리는 주인의 어깨와 팔, 또는 횃대에 올라앉아 온종일 고개를 가슴에 박고 겉잠을 자거나 아니면 매부리코처럼 구부러진 부리로 깃털을 다듬는 게 일과였다. 하지만 끝끝내 야생의 습성을 버리지 못한 나는 언제나 주인에게 퉁바리 맞기 일쑤였으며, 때로는 반편 취급까지 받았다. 반면에 깃털이 연두색이며 특히 머리에 솟은 관모가 마치 빨간 모자를 쓴 것처럼 아름다운 앵순이는 그 외양뿐만 아니라 그녀의 세련된 '사람 말 흉내 내기' 때문에 주인의 사랑을 독차지하였다. 특별대우를 받으면서 멋대로 횡포를 부려도 그 집에서는 누가 그녀에게 뭐라고 할 사람이 없었다.

그러나 앵순이는 그것으로 끝내지 않았다. 그녀는 어느새 자신이 마치 주인과 같은 사람이 된 것으로 착각하기 시작하였다. 앵무새가 사람이 될 수 있다니……. 그런 터무니없는 환상이 어디 있을까. 나는 환상에 빠진 그녀를 깨워주기 위해서 이따금 용감하게 나서곤 했지만 허사였다. 그럴 적마다 피새가 심한 그녀는 도리어 나에게 날카로운 발톱을 들이대곤 하였다.

"네가 아무리 사람 말을 잘한다고 해도 사람이 될 수는 없어. 그건 흉내에 불과해. 우리는 영원히 앵무새일 뿐이야."

"왜, 내가 사람이 되는 게 배가 아파? 너 같은 둔치는 평생 노력해도 안 되겠지만, 나는 달라. 나는 사람이야."

그뿐만이 아니었다. 앵순이는 언제부터인가 앵무새의 언어까지 잃어버리고 말았다.

앵순이의 울음소리는 몇 시간이 지나도 그치질 않았다. 나는 그녀가 그만 울음을 그치고 주인의 말씀대로 나와 함께 우리의 세계로 날아가기를 바라면서 나뭇가지에 앉아 무작정 기다렸다.

얼마나 지났을까. 앵순이가 선잠에 빠져있던 나를 깨웠다. 나는 그녀의 얼굴빛에서 마침내 그녀가 집안에 들어가기를 포기한 것을 알 수 있었다.

"봐라. 너는 앵무새일 따름이야. 앵무새는 앵무새의 세상이 따로 있어. 늙은 주인님이 하늘나라에 가시기 전에 우리에게 고맙게도 그걸 허락하신 거야. 이제라도 우리들의 세상에서 새 삶을 살아가라고……."

나는 그녀를 다독거렸다. 그러나 그녀는 그때까지 자신이 사람이라는 망상을 포기한 것은 아닌 듯했다. 눈꼬리를 치켜세우고 악다구니를 퍼붓는 품새를 볼 때 그것은 충분히 짐작할 수 있는 일이었다.

마침내 새날이 밝자 나는 미지의 신천지를 찾아 하늘 높이 날아올랐다. 내가 날아오르자 앵순이도 더 이상 어쩔 수 없었던 모양인지 나를 따라 날개를 펄럭이기 시작했다. 우리는 논과 밭, 꼬부랑길을 지났으며, 둠벙과 개울을 건넜고, 산을 돌았다. 간혹 산새와 들새, 물새 등을 만나 길을 묻는 것 외에는 몇 날 며칠 동안 쉼 없이 날개를 펼치고 날아야 했던 긴 여정이었다.

습한 바람이 불어오는 무더운 한낮, 마침내 우리는 앵무새들이 무리 지어 생활하는 곳을 찾아내었다. 그곳은 울창한 숲이 산과 들을 뒤덮어 땅에서는 하늘조차 잘 보이지 않는 그런 곳이었다.

"어서 오세요. 당신들을 환영합니다."

우리를 발견한 앵무새들이 손을 내밀면서 가까이 다가왔다. 그들의 손에는 어느새 맛있는 음식까지 들려 있었다. 엄지벌레, 왕치, 메뚜기, 잠자리……. 비로소 날개를 접은 나는 그것을 감사한 마음으로 받아먹었다.

그러나 앵순이는 달랐다. 그때까지도 잔망스러울 정

도로 턱을 까불어대고 있던 그녀는 먹이를 보자 비위가 상한다는 듯 눈살을 찌푸린 채 고개를 돌려버렸다. 사람이 감히 어떻게……. 그녀의 얼굴에는 분명 그렇게 쓰여 있었다. 더구나 그녀는 그들이 다정한 말투로 곰살맞게 어디서 온 누구냐고 묻는 데에도 대꾸조차 아니 하고, 머리를 꼿꼿이 쳐든 채 자랑하듯 사람의 언어로 '나는 앵순이에요' 라는 말만을 새퉁스럽게 반복했다. 이쯤 되자 사태는 갑자기 돌변했다. 그때까지 점잖고 친절하던 그들이 앵순이를 몰아세우기 시작한 것이었다. 내가 급히 나섰지만, 사태는 걷잡을 수 없을 정도로 급속히 악화되었다.

"이건 앵무새가 아니다! 앵무새의 탈을 썼을 뿐, 우리를 잡아가는 사람들의 악령이 틀림없다!"

사나워진 그들은 앵순이에게 발톱과 부리를 치켜들었다. 그때서야 앵순이는 자신의 처지를 직감한 모양이었다. 주인 영감을 의지하고 부리던 떠세가 하늘을 찌르던 그녀가 그녀답잖게 두 손을 비비며 그들에게 애걸복걸하였다. 하지만 앵무새의 말을 잃어버린 그녀의 의사가 그들에게 전달될 리는 없었다. 그들은 마침내 앵순이를 앵무새 세상에서 영원히 추방하자고 결정했다. 그들은 단호했다. 한번 결정한 것을 번복하는 일 따위는 없었다. 그들은 앵순이의 사정은 듣지도 않은 채 그날로 이를 결행하였다.

"나 좀 살려줘."

앵순이가 나를 쳐다보며 살려달라고 애원했다. 그러나 나도 이제는 어쩔 수 없었다. 붙들고 싶었지만, 그럴 힘이 없었다.

"안 돼! 너는 사람이니까 사람 사는 곳에 가서 살아!"

그들은 죽이지 않는 것만도 다행으로 여기라고 했다.

앵순이는 결국 그날로 쫓겨났다. 하룻밤도 쉬지 못한 몸으로 숲을 떠나는 앵순이를 나는 애잔한 눈빛으로 지켜봐야 했다.

앵순이는 어디로 갔을까. 그날 이후 그 숲에서 쫓겨난 앵순이의 모습은 어디에서도 다시 찾아볼 수 없었다. 사람이 되기를 그토록 갈망하던 앵순이. 그러나 사람의 말소리도 그 숲에서는 더 이상 들리지 않았다. 그 숲에는 언제나 즐겁게 부르는 앵무새들의 노랫소리만 들려왔다. ✣

황제의 종말

어느 날 아침 그가 갑자기 우리의 왕이라고 선언하고 나섰을 때 우리는 모두 할 말을 잃고 말았다. 큰일 났구나. 그렇지만 누구 하나 그의 돌연한 행위를 반대하고 나서는 위인은 없었다. 우리 중에는 그때까지도 잠이 덜 깬 상태에서 몸조차 가누지 못하고 흐느적거리는 몇몇도 더러 눈에 띄었다.

"나의 말씀에 반대할 자가 있으면 지금 당장 앞으로 나와라."

그의 목소리에는 힘이 잔뜩 들어가 있었고, 우리가 듣기에도 거북할 만큼 교만함이 깃들어 있었다. 그뿐만이 아니었다. 치켜 올라간 그의 눈꼬리에는 어느새 살기까지 번득이고 있었다.

"나는 뒷말하는 자를 제일 싫어한다. 그러니까 있다

면 지금 당장 앞으로 나와서 말하라."

우리를 훑어보며 그가 다시 으름장을 놓았다.

"없지? 없다면 지금부터 나를 황제로 모시고 나의 명령에 복종하겠다는 뜻으로 모두 그 자리에서 무릎을 꿇어라."

우리는 마침내 모두 그의 명령을 따랐다. 처음에는 조금 망설였지만, 살기 위해서는 어쩔 수 없는 일이었다. 무릎을 꿇고 올려다본 그는 더욱 커 보였다.

그러나 우리가 마음으로 그에게 복종한 것은 아니었다. 마음은 예전이나 조금도 다름이 없었다. 미물인 달팽이 주제에 그가 서슬 퍼렇게 날뛴다고 해서 특별히 변할 게 뭐가 있단 말인가.

하지만 그것이 아니었다는 것을 우리는 며칠이 지나지 않아서 금세 피부로 느낄 수 있었다. 황제로 등극한 그가 왕좌에 앉자마자 벌인 작업은 자신이 거처할 대궐을 짓는 공사였다. 그것은 보통 달팽이들로서는 감히 상상할 수조차 없을 정도로 매우 크고 거창한 사업이었기 때문에 우리를 심히 근심케 하였다.

집이란 것은 본디 크고 작은 게 문제가 아니라 살아가는데 불편하지 않으면 족한 것 아니겠는가. 그러나 그는 막무가내였으며, 우리의 조언 따위는 아랑곳하지도 않았다. 느리기 한량없는 달팽이가 그 크고 넓은 집을 짓기 위해서는 얼마만큼의 시간과 힘을 허비해야 하는지도 모르는 그의 욕심은 정말 끝이 없었다.

"이 바보들아, 능력 있는 황제의 대궐은 크고 화려해야 하는 거야."

그는 자신을 향해 곱지 않은 눈길을 보내는 우리에게 콧방귀를 뀌었다. 그는 남녀노소도 가리지 않았다. 오로지 그 일만을 위해 이 세상에 태어난 달팽이처럼 욕심껏 대궐을 크게 짓기 시작했다. 그것을 위하여 그는 날마다 먹어야 하는 우리의 음식까지 독차지하였다. 물론 빼앗길 때마다 반발하지 않은 것은 아니었으나, 그의 힘을 당해낼 수 없는 우리는 울며 겨자 먹기로 그가 달라는 대로 조공을 바치었으며, 그가 하자는 대로 따라갈 수밖에 없었다. 만약 조금이라도 지체되거나 볼멘소리하면 그는 가차 없이 치도곤을 내리곤 하였다.

날이 갈수록 그는 더욱 강성해졌다. 정말 우리 위에 군림하는 황제같이 행세하였다. 그와 비교하면, 먹이까지 빼앗기는 우리의 몰골은 하루가 다르게 변해갔다. 언제나 물기를 머금어 광채가 흐르던 집도 곧 허물어질 것처럼 거칠어졌으며 작아졌다. 약해질 대로 약해진 각질은 어쩌다 내리는 빗방울에도 아픔을 느낄 정도였다.

이윽고 그의 화려하고 커다란 대궐이 완공되었다. 그는 그날을 기념하여 특별히 우리를 모두 그의 대궐로 초대하였다. 이슬이 흠뻑 내린 길. 그렇지만 그동안 지치고 버거웠던 우리는 도무지 빨리 움직일 수가 없었다. 혼찌검을 당하지 않기 위해 아니 갈 수는 없었으나, 가뜩이나 굼뜬 우리가 내키지 않는 걸음을 옮기는 데 어찌 빠를 수가 있겠는가.

그때였다. 갑자기 어디에선가 천지가 진동하는 소리가 들렸다. 그리고는 곧이어 먼 곳에서부터 풀들이 무너지며 눕기 시작하였다. 말소리가 들려왔다. 우리는 무언가 일이 터졌다는 걸 직감했다.

"엄마, 여기 큰 달팽이가 있어. 다른 놈들은 모두 볼품없이 작은데, 왜 이놈만 유독 이렇게 크지?"

소년이었다. 풀을 밟고 나타난 소년의 행동은 거침이 없었다. 지금까지 우리에게 떼세 부리던 황제를 가볍게 집어 올린 그 소년은 잠시 그것을 신기한 듯 살펴보았다.

"이렇게 큰 달팽이는 첨이야. 너무 크니까 징그러워."

그러나 그뿐이었다. 소년은 미련 없다는 듯 황제를 땅바닥에 팽개쳤다. 그리고는 우리의 조바심 따위는 아랑곳하지 않고, 그것을 발로 힘껏 밟아 뭉개버렸다.

아, 황제여!

소년이 돌아간 뒤에도 으깨진 그의 주검은 땅바닥에 그대로 널브러져 있었다. 외마디 비명조차 지르지 못하고 죽은 그의 주검 위로는 그날도 키 재기를 하는 신도시의 아파트들이 숲을 이룬 채 자라고 있었다.

운수 나쁜 날

 핸들을 쥐고 거리를 달리는 기사들은 대개 그날의 운세를 많이 신뢰하는 편이다. 특히 운수가 유독 나쁜 날이 있다는 데에는 대부분 이의를 달지 않는다. 20년 무사고 모범운전사 김씨도 거기에서는 예외가 아니다. 간혹 맞는 날도 있게 마련이었으나 그날은 특히 아침부터 예감이 좋지 않았다. 새벽부터 아내의 바가지를 된통 듣고 나온 그는 골목을 가까스로 빠져나오면서 혼자 투덜거렸다. 젠장 맞을, 오늘은 재수 옴 붙겠구먼. 거기다가 날씨는 또 왜 이래? 그는 진눈깨비가 내리는 하늘까지 원망스러웠다. 와이퍼를 3단으로 올려 작동시켰으나 수명이 다 된 듯 지직거리는 잡음만 요란할 뿐 잘 닦이지 않았다.
 "집이 팔렸대. 도대체 우리는 언제쯤 전세방 신세를

벗어날 거야? 동길이 녀석도 이젠 저만큼 컸는데……."

"근데 주인이 왜 그걸 이제야 알려줘? 그런 건 미리미리 말해 줘야 하는 게 상도덕 아니야?"

"판다는 말은 벌써 오래전부터 돌았잖아. 다만 그게 이제 성사되었다는 것뿐이지. 그런데 그런 소문이 도는 동안 당신은 도대체 뭐 했느냐고? 그 알량한 주택 청약통장 하나 마련하지 못하고."

아내는 그게 있어야 그래도 여기저기 청약 신청이라도 해볼 거 아니냐며, 그를 매섭게 쏘아보았다.

"무능하기 짝이 없는 저런 사람을 그래도 남편이라고 믿고 살았으니, 내가 눈이 삐어도 한참 삐었지. 허우대만 멀쩡하면 뭐 해, 속 빈 강정인걸."

"아침부터 재수 없게, 웬 잔소리가 그렇게 많아?"

영업을 나가기 위해 자동차 키를 들고 김씨가 눈꼬리를 치켜올렸으나 아내는 콧방귀도 뀌지 않았다. 현관을 빠져나가는 그의 등 뒤에 대고 된소리를 속사포처럼 계속 늘어놓았다.

아니나 다를까. 그가 주엽역 택시 정거장에서 첫 번째로 태운 여자 손님 두 명은 술내를 푹푹 풍기면서 혀 꼬부라진 소리로 '워언당'을 외쳐댔다. 내비게이션에 입력하기 위해 주소를 물었으나 여자들은 모른다고,

머리를 흔들었다. 우리가 그딴 걸 어떻게 알아. 여자들은 근처에 가면 다 안다고 했다. 김씨는 난감했다. 눈살이 자신도 모르게 찌푸려졌다. 정말 아침부터 재수가 옴 붙었구나. 투덜거려 보았지만 어쩔 수 없는 일이었다. 태웠으면 목적지까지 데려다줄 수밖에는……. 그러나 일은 거기에서 끝나지 않았다. 껌을 질겅질겅 씹으며 뒷좌석에 올라 겉옷에 묻은 물기를 시트에 그대로 툭툭 털던 그녀들은 자동차가 비집고 들어가기 힘든 골목까지 끌고 들어가서는 요금이 다른 때보다 많이 나왔다고 눈꼬리를 치켜세우는 것이었다.

싸우자고 덤비는 여자들을 가까스로 진정시킨 김씨는 돌아 나오면서 첫 손님부터 이게 뭐냐고, 한숨을 길게 뱉어냈다. 재수 드럽게 없네. 그는 기분이나 전환해 볼 양으로 라디오의 볼륨을 높였다. 하지만 경음악이 콩 튀듯이 빠르게 흘러나올 뿐 마음은 쉽게 가라앉지 않았다. 울적했다. 젠장 맞을……. 김씨는 핸들을 능곡 방면으로 꺾었다.

신도시는 어디를 가도 높이 솟은 고층 아파트들이 숲을 이루고 있었다. 그런데도 곳곳에는 또 다른 아파트를 대단위로 짓고 있었다. 그런데 이상한 것은 이렇듯 많은 아파트 가운데 자신의 소유가 하나도 없다는 것이었다. 그는 문득 자신이 뿌리 없이 떠도는 부평초 같다는 느낌이 들었다. 하긴, 토끼장 같은 아파트 한 채에 몇억씩 한다니, 언감생심 꿈도 꿀 수 없는 일이었다.

능곡역 앞에서 같은 방면으로 출근하는 손님 세 명을 역촌동에 내려주고 돌아서자 시계는 어느새 열 시를 가리키고 있었다. 하늘은 여전히 짙은 잿빛이었으나 진눈깨비는 그친 듯했다. 다시 신도시 방향으로 핸들을 꺾은 김씨는 비로소 시장기를 느꼈다. 하지만 그는 아내가 있는 집 방향으로는 핸들을 돌리지 않았다. 밥상머리에서 또 듣게 될 잔소리가 떠오르자 그는 자신도 모르게 진저리를 쳤다.

젠장 맞을……. 바가지를 긁는다고 없던 돈이 갑자기 생기기라도 한단 말인가. 김씨는 처지를 빤히 알면서도 바가지를 긁어대는 아내가 원망스러웠다. 문득 그 시절의 박미애가 지금의 내 아내가 되었더라도 오늘처럼 바가지를 긁었을까 생각하며 한숨을 길게 내쉬었다. 얼굴이 반반하다고 마음씨까지 음전한 게 아니란 걸 김씨는 아내와 결혼한 이후에야 비로소 깨닫게 된 게 후회스러웠다.

기사식당에서 모래알을 씹듯 육개장 한 그릇을 비우며 김씨는 어느덧 아내 대신 그 자리에 박미애를 놓고 그려보기 시작했다. 얼굴은 박색이었으나 그래도 마음씨 하나만큼은 비단결보다 더 고운 여자였는데……. 더구나 허옇고 풍만한 육덕 하나는 정말 끝내주지 않았는가. 벌써 삼십여 년이 지난 일이지만 그는 그녀와 함께 쏘다니던 찻집과 음식점, 유원지, 여인숙, 그리고 밀어를 속삭이던 숲속의 벤치까지 하나하나 생생하게 떠올랐다. 그러나 그는 곧 머리를 가로젓고 말았다. 물론 그녀라면 새벽 일 나가는 남편에게 그런 행티야 부리지 않을지 모르지만, 그가 팽개치듯 버린 여자를 이제 떠올린다는 게 부질없다는 생각이 든 까닭이었다. 그래, 그때는 내가 정말 미련했어, 그는 그녀에게 미안하다는 마음이 들었다. 오늘날 자신이 요 모양 요 꼴로 살게 된 것도 다 따지고 보면 그때 철없이 저지른 죄에 대한 대가를 치르는 것이라는 생각까지 들었다.

박미애의 환영을 지워버리기라도 해야겠다는 듯이 김씨는 서둘러 기사식당을 나왔다. 그러나 눈앞에 가물거리는 그녀의 환영은 좀체 지워지지 않았다. 젠장 맞을……. 그는 담배를 한 대 꺼내 물었다. 날마다 보는 터였으나 그날은 백미러에 비친 자신 얼굴이 더욱 못마땅했다. 언제 이렇게 늙었을까. 흐트러진 반백의 머리카락과 주름살투성이의 얼굴. 거기다가 햇볕에 그을려 검고 거친 피부는 중병을 앓고 있는 환자처럼 도무지 윤기라곤 찾아볼 수가 없었다. 옛날 총 나간다, 칼 나간다, 하던 시절엔 그래도 잘 생겼다는 소리께나 듣던 얼굴인데……. 차가 탄현을 돌아 중산마을로 들어설 때까지도 그는 연신 한숨을 내쉬었다. 인과응보라는 옛말이 조금도 틀리지 않다는 느낌이 자꾸만 그를 울적하게 만들었다.

중산마을 삼거리 부근에서 승차한 젊은 손님은 그래도 괜찮은 편이었다. 목적지를 시청이라고 가리킨 그는 차가 도착할 때까지 외눈 한번 파는 법 없이 봉투에서 꺼낸 서류를 몇 번이고 세심하게 훑곤 하였다.

하지만 그날 김씨가 정작 재수 옴 붙었다고 절감한 일은 그 뒤에 일어났는데, 그것은 정말 십 년 감수하고도 남을 일이었다. 뒤창에 초보 운전이라고 커다랗게 써 붙인 승용차가 앞에서 너무 천천히 서행하고 있어 무의식중에 액셀러레이터를 힘껏 밟아 앞질러 나갔는데, 사건의 발단은 바로 거기에 있었다. 하필이면 그때 골목에서 10톤짜리 화물차가 튀어나올 건 무어란 말인가.

"야, 이 새끼야, 누시깔은 뭐 폼으로 달고 다녀? 모범운전사면 모범운전사답게 운전 좀 똑바로 못해? 짜아식, 황천길 가고 싶어 환장했냐!"

아찔한 순간이었다. 김씨는 새파랗게 젊은 기사한테

욕을 바가지로 된통 들으면서도 한마디 대꾸조차 하지 못했다. 애당초 잘못은 자신에게 있었기 때문이다. 그나마 상대편의 차가 급정거를 한 탓에 작은 접촉사고도 일어나지 않은 것만을 천만다행이라고 여겨야 했다.

"미치지 않았어? 죽고 싶으면 너 혼자 곱게 죽어, 인마. 공연히 남까지 끌어들이지 말고. 알았어, 이 늙다리야!"

화물차 기사가 삿대질까지 해가며 꽥꽥, 소리를 질러대도 김씨는 연신 머리만 굽신거렸다. 택시 기사끼리 우스개로 까닥 잘못하면 길바닥에서 칠성판 베고 눕는 수가 있다더니, 그 말이 딱 맞는 말이라는 걸 실감한 순간이었다.

등줄기의 땀을 식힐 사이도 없었다. 잠시 차를 세웠던 그는 도망치듯 잽싸게 현장을 빠져나왔다. 운수 좋은 줄 알아, 인마. 화물차 기사가 떠나면서 자신을 향해 가래침을 캭, 뱉던 얼굴이 지워지지 않았다. 젠장맞을……. 차가 식사동을 돌아 백마교로 접어들 무렵, 그는 비로소 안도의 한숨을 길게 내쉴 수 있었다. 솔직히 말해서 그런 날이면 당장이라도 핸들을 놓고 싶었다. 그러나 어쩌랴. 목구멍이 포도청인 것을…….

백마마을 정거장에서 담배 한 대를 태우며 마음을 진

정시키던 그는 이번엔 호수마을을 가자는 여자 손님을 태웠다. 스물다섯쯤이나 되었을까. 차 안에서 잠시도 쉬지 않고 짝짝거리며 껌을 씹던 여자는 한참 동안 아파트 사이를 비집고 들어가고 나서야 하차했다. 김씨는 그녀가 내린 뒤 창문을 모두 내렸다. 그녀가 남기고 간 야릇한 지분 냄새를 환기하기 위해서였다.

호수마을을 나온 김씨가 브레이크가 약간 밀리는 것 같은 차 상태를 감지하고 오일 교환 시기가 언제였나 계산하며 대화동 큰길을 지날 무렵이었다. 센터에서 대화동 부근을 지나는 차량을 찾는 신호가 떴다. 웬 떡인가 싶은 김씨는 곧바로 오케이 사인을 보냈다. 그러자 센터는 모나코 호텔 앞으로 즉시 가라고 지시했다. 대화동에서 모나코 호텔 앞이라면 2분 거리였다. 김씨는 쾌재를 부르며 핸들을 급히 그쪽 방면으로 돌렸다. 약속한 대로 손님은 호텔 앞에서 기다리고 있었다. 남자와 여자 두 명이었다. 그런데 이상스러운 것은 두 사람 사이가 심상치 않아 보인다는 점이었다. 한바탕 싸우고 나온 듯 둘 다 잔뜩 부어있었다. 콜 하셨냐고, 김씨가 물었으나 두 사람은 대꾸도 하지 않은 채 사납게 뒷좌석 문을 열고 올라탔다. 김씨는 잠시 갸웃거렸으나 곧 그들의 얼굴이 왜 그렇게 부었는지 알게 되었다. 금촌으로 가자는 남자와 봉일천으로 가자고 앙칼지게 소리 지르는 여자의 실랑이는 좀체 끝날 기미를 보이지 않았다. 잠깐 귀동냥을 한 바에 의하면 두 사람은 부부인 모양인데, 남편이 바람을 피우다가 미행한 아내한테 현장을 딱, 잡힌 것 같았다.

"잘못했어. 그러니까 집에 가서 차분히 이야기하자."
"안 돼. 친정 오빠네 집으로 가."
"정말 왜 그래?"
"몰라서 물어? 난 이대로는 당신과 못 살아."
"글쎄 내가 잘못했다고 하잖아."
"이게 어디 잘못했다는 말 한마디로 끝날 일이야?"
"그럼?"
"오빠한테 가서 이실직고하고 도장 찍자고, 오늘!"

김씨는 어디로 갈 것인지를 놓고 싸우는 두 사람을 더 기다리고 있을 수가 없었다. 시간이 돈인데, 어디든 목적지를 정확히 알려줘야 자동차를 움직일 것 아닌가. 결국 초조해진 김씨는 싸우는 두 사람 사이에 끼어들었다.

"손님, 빨리 결정해주세요, 어디로 모실까요?"

그래도 두 사람은 티격태격하느라 결정을 내려주지 못하고 있었다. 젠장 맞을……. 김씨는 화가 치밀었다. 이게 도대체 뭐 하는 짓거리들인가, 길 한복판에 택시를 세워놓고. 그래도 손님에게는 내색할 수 없는 일이었다. 치밀어 오르는 성질대로 하자면 멱살이라도 잡아 끌어내고 싶었으나 꾹, 참고 그럴 거면 내려달라고 조용히 말했다. 그런데 그게 또 화근이 되었다. 조금 전까지 죽네 사네 하면서 싸우던 두 사람이 이번엔 한편이 되어 김씨를 윽대기기 시작하는 것이었다. 김씨는 기가 막혔다. 재수가 없으면 맑은 하늘에서도 날벼락을 맞는다더니……. 김씨는 승차거부했다고 차량번호까지 적으며 고발하겠다고 으름장을 놓는 두 사람을 반강제로 하차시키고 도망치듯 그곳을 빠져나왔다. 젠장 맞을……. 재수가 옴 붙어도 분수가 있지, 도대체 이게 무슨 난리란 말인가. 대화동에서 탄현으로 빠져나가는 길가에 차를 세우고 김씨는 한숨을 뱉어내며 다시 담배를 한 대 빼물고 숨을 골랐다.

그곳에서 태운, 장항동 가자는 남자 손님은 그래도 괜찮았다. 인쇄가 잘못되어 두 번 걸음을 한다고 투덜거리면서도 얼굴빛은 태평스러웠다. 손해 보지 않냐고, 지나가는 말투로 물었으나 그는 그냥 웃기만 했다. 그 손님을 내려주고 장항동에서 곧바로 태운 세 명의 남자 손님은 풍동 애니골로 가자고 했는데, 흘리는 대화를 엿들어 본 바에 의하면 술자리 모임에 가는 모양이었다. 웃고 떠들면서 그들은 그 집의 돼지갈비 맛이 최고라고 했다.

"입에 들어가면 살살 녹아. 양념을 어떻게 했는지, 아무튼 다른 집하고는 다르더라니까."

"야, 인마. 그게 양념 탓이냐. 고기를 잘 숙성시켰기 때문이지."

"숙성은, 무슨……. 어쨌든 이 자식은 친구 말을 믿지 못해서 탈이야."

"그래 너 잘 났다, 짜샤."

김씨는 그들의 대화를 엿들으면서 문득 자신이 돼지갈비를 먹어본 게 언제였나 셈해보았다. 양념해서 몇 시간 재웠다가 불판에 올려놓고 타지 않게 살살 뒤집어가면서 구워 가위로 잘라낸 것을 입에 넣고 씹으면 툭, 불거져 나오는 들큼한 육즙과 쫄깃한 맛……. 그렇게 따져보니까 두어 달도 넘는 것 같았다. 종일 자동차가 내뿜는 매연과 먼지는 다 마셔가면서 거리를 헤매고 다니다가 집에 들어가면 녹초가 되어 쓰러지기 바쁜 건 당연한 일이었다. 그렇더라도 생각이 있는 마누라라면 목구멍의 때 벗기는 데는 돼지고기가 으뜸이라는 것쯤 알 터인데, 늘 저녁 밥상에 올라오는 것은 김치찌개 아니면 된장찌개가 전부였다. 젠장맞을……. 시시덕거리던 세 명의 손님을 아래 애니골에 내려놓고 김씨는 다시 담배 한 대를 꺼내 물었다.

재수가 없는 날에는 나쁜 일이 연속해서 나타나게 마련이라는 말은 하나도 틀린 데가 없었다. 여자를 내려주고 주엽역으로 다시 나와 마두동 방면으로 차를 몰고 있을 때였다. 중년 여자가 버스정류장 근처에서 급히 손을 들었다. 여자는 벽제 간다고 했다.

"벽제 어디까지 가시는데요?"

"대자리요."

"대자리 어디신데요?"

김씨는 내비게이션 버튼을 눌렀다. 그러나 그녀는 주소를 자세히 가르쳐주지 않고 통일로로 가다가 자신이 들어가자는 데로 잠깐 돌아가면 된다고 했다. 통일로라면 김씨가 손바닥 보듯 훤히 꿰뚫고 있는 곳이어서 구태여 내비게이션을 작동할 필요가 없긴 했다. 김씨는 통일로 방향으로 차선을 잡으며 잠시 백미러로 여자 손님을 살펴보았다. 화려하지만 야하지 않은 옷차림을 한 그녀는 교양과 기품이 몸에 배어 있는 여자 같았다. 나이는 아내와 비슷해 보였으나 곱게 늙은 얼굴로 항상 꾀죄죄한 그의 아내와는 천양지차로 보였다. 오뚝한 콧날이며, 쌍꺼풀진 서글서글한 눈매까지, 쉽사리 보기 힘든 미인이었다. 김씨는 문득 저렇게 고운 여자와 살을 맞대고 사는 남자는 얼마나 행복할까 생각했다. 뒷좌석에 앉은 여자도 김씨를 힐끔힐끔 훔쳐

보고 있었다.

차가 설문동을 막 지날 즈음, 여자가 안쓰럽다는 투로 물었다.

"하루 몇 시간 일하세요?"

"몇 시간이라고 할 수 있나요, 어디? 새벽에 나와 자정은 되어야 들어가니까요."

"그렇게 영업하고 다니시면 힘드시겠어요. 나이도 지긋하신 분이……."

여자는 불쌍하다는 투로 혀끝을 찼다.

"그렇죠, 뭐. 그러나 어쩌겠습니까. 배운 게 이것뿐이니……. 이 짓으로라도 밥 먹고 살아야지요."

"그래, 밥은 먹고 사실만 해요?"

"아니에요. 주변머리가 없어서 아직 집 한 칸도 장만하지 못했는걸요."

"그래요?"

여자는 놀랐다는 듯이 눈을 크게 떴다.

김씨는 자꾸만 자신을 힐끔힐끔 훔쳐보며 말을 걸어주는 그녀가 왠지 친근하게 느껴졌다. 그래서 내친김에 그날 새벽 아내의 바가지 이야기까지 서슴없이 털어놓았다.

"그나마 전세로 들어있던 집이 이번에 팔렸대요, 글쎄……. 근데, 손님은?"

김씨가 묻자 여자는 신바람이 난다는 투로 대답했다.

"저는 단독주택에 산 지 벌써 십 년이 넘어요."

"남편이 돈을 많이 버시나 봐요?"

"예에, 큰 회사 임원이에요."

"좋으시겠어요, 두 분이 그런 곳에 살면. 텃밭에 채소도 심고, 꽃도 가꾸고……. 저도 옛날 고향 살 때는 그렇게 살았어요."

"근데 왜 떠나 오셨어요?"

"피치 못할 사정이 있어서 그만……."

김씨는 또 박미애를 떠올렸다. 그녀가 싫지 않았다면 굳이 떠나올 이유가 없었다. 그렇다면 지금쯤은 집칸은 물론이고, 땅마지기께나 장만하고 배 두드리면서 살 텐데, 후회스럽기 짝이 없었다.

빨간 신호에 잠시 차를 세운 때였다. 여자가 다시 물었다.

"아이는 몇 명이나 두셨어요?"

"하나요."

"사내아이예요?"

"예에. 열여섯 살 되었어요."

김씨는 그날 처음으로 껄껄 웃었다. 자식만큼은 자랑할만했다. 어떻게 아내 뱃속에서 그 같은 아들이 나왔는지 이상할 정도였다. 여자는 그가 웃자 알만하다는 듯 머리를 끄덕거렸다. 그녀가 머리를 끄덕거릴 적마다 양쪽 귀에 매달린 커다란 진주 귀걸이가 우아하게 흔들렸다.

그러나 그것은 김씨의 착각이었다. 차가 대자리 파리바케트 앞에 도착하자 여자는 내리기 직전 돌연 표독스럽게 변했다. 도끼눈을 뜬 여자가 김씨를 향해 큰소리로 쏘아붙였다.

"내가 누군 줄 몰랐죠? 나, 박미애예요, 박미애. 성형수술 덕분에 못 알아보는 게 천만다행이네요. 그래, 그렇게 나 아니면 죽고 못 산다고 하다가 소리 소문도 없이 도망치더니, 꼴 좋네요. 아주 쌤통이네, 쌤통!"

순간, 김씨는 쇠망치로 뒤통수를 한 대 얻어맞은 기분이었다. 그녀가 박미애였다고? 뭐야, 이게! 어쩐지 차에 오르면서부터 자신을 유심히 쳐다보더라니, 그때 알아봤어야 했는데……. 그는 요금을 받을 생각도 하지 못한 채 총총히 사라지는 그녀의 뒷모습만 물끄러미 바라보다가 그만 핸들에 머리를 처박고 말았다. 원수는 외나무다리에서 만난다더니, 이렇게 만날 줄이야, 젠장 맞을, 젠장 맞을…….

그날 밤, 하늘에는 달도 별도 보이지 않았다. ✺

무제

빚을 받을 때, 흔히 앉아서 주고 서서 받는다는 말이 있다. 그 말은 역시 옳은 소리였다. 요즘같이 궁한 판국에 2년 전 꿔간 돈을 그가 갚는다면 얼마나 다행스러운 일일까. 어스름녘 나는 그를 만나기 위해 성남행 버스에 몸을 실었다.

"좌우간 오늘은 끝을 보세요. 남의 돈을 그냥 떼어먹겠다는 심보가 뻔한데, 그런 사람이 무슨 친구예요. 숫제 벼룩의 간을 빼먹지, 지금 우리가 어떤 처지라고⋯⋯. 당신, 오늘도 또 그 사람 꼬임에 빠져서 괜스레 술 마시고 들어오면 아시죠?"

아내의 잔소리가 아니더라도 나는 오늘만큼은 그를 단단히 물고 늘어져서라도 꼭 받아낼 작정이었다. 술. 그것 때문에 지금까지는 내가 번번이 당했지만, 오늘은 어림 반 푼어치도 없지. 내 처지가 지금 누구 사정을 봐줄 입장은 아니지 않은가. 나는 버스 안에서 사뭇 입술까지 깨물며 마음을 다졌다. 그리고는 하릴없이 가판대에서 사 들고 온 신문을 펼쳤다. 신문에는 그날도 또 불량식품에 관한 기사로 가득 채워져 있었다. 제길헐……. 이제는 숫제 참기름과 고춧가루까지도 가짜가 판을 친단 말인가. 그렇다면 아파트에서 공동생활을 하는 우리 같은 주제는 어찌 사누……. 나는 갑자기 멀미를 느꼈다.

곧게 뻗은 길을 버스는 신명 나게 달렸다. 덕분에 나는 겨우 한 시간도 지나지 않아서 버스를 버릴 수 있었다. 그리고는 잰걸음으로 그와 약속한 장소로 향했다.

카페 안은 어두웠다. 누가 누군지 구분하기조차 어려울 지경이었다. 하지만 그는 용케 나를 금방 알아보았다. 그는 다른 때와 다름없이 만면에 웃음꽃을 가득 피워 문 채 나를 반겼다. 그의 웃음이란 언제나 여유만만한 것이어서 이 악물고 찾아온 나를 흐물흐물하게 만들기 일쑤였다.

"어서 와."

"오랜만이군. 그래, 이제는 사업이 좀 풀렸나? 혈색은 좋아 보이는데?"

"혈색은 뭐 늘 그렇지 않은가, 내가."

허허, 그는 웃음을 그치지 않았다.

"혈색이 좋은 걸 보니까 오늘은 나도 내 돈 좀 받을 수 있겠군. 이 년 만에."

나는 처음부터 그의 얼굴을 사납게 쏘아보았다. 인사치레도 생략했다. 그러나 건너오는 심상치 않은 말투가 왠지 모르게 마음을 다시 불안하게 만들었다.

"아직 분양이 덜 되어서……. 자네도 잘 알지 않는가. 요즘 신문을 좀 봐. 매일 같이 떠들어대는 게 부동산 대출 억제 운운하지 않는가."

"그래서? 그래서 오늘도 힘들다는 이야기인가?"

"이 사람, 성질이 급하기는……."

그는 또 너털웃음을 터트렸다.

"아니 그게 언제 적 이야기인데 오늘도 또 똑같은 소리를 되풀이하고 있나? 아무튼 오늘은 내 작심하고 왔으니까 사정 좀 봐주는 셈 치고 끝내주게. 밤낮 차일피일 미루기만 하면 나는 어떡하나. 마누라한테도 체면이 서지 않고……."

내 말투는 어느새 사정 조로 바뀌어있었다. 제길헐……. 내 말투가 집을 나올 때와 달라졌다는 것을 느낀 나는 갑자기 기분이 우울해졌다. 늘 그래서 탈이라는 아내의 지청구가 곁에서 들려오는 것 같았다.

"아무튼 나가자구."

"어디로 나가? 나 술 끊었어."

"이 사람이 무슨 소리를 하는 거야? 자네가 술을 끊다니, 내일은 해가 서쪽에서 뜨게 생겼구먼. 잔말 말고 따라와. 베자마 둑에 자네가 좋아하는 민물 매운탕집이 새로 생겼는데, 맛이 기가 막혀."

그가 나를 잡아끌었다. 손사래를 쳤으나 그는 막무가내였다. 그곳에 가서 매운탕만 먹으면서 허심탄회하게 이야기를 나누자며 또 너털웃음을 터트렸다.

"술은 안 돼……."

나는 그에게 다짐받았다.

"물론이지!"

그는 선선히 약속했다.

매운탕뿐이라면……. 나는 마지못한 얼굴로 일어섰다. 버틸 힘이 없었다. 벌써부터 입안에는 군침이 돌았다. 결국 그의 승용차에 오른 나는 그와 함께 곧장 베자마 둑으로 향했다.

"우리 집은 정말 팔당 고기만 쓰니까 안심하셔도 돼요. 많이 잡수어 보셨을 테니까 맛보면 금방 아실 거예요, 뭐."

주위는 탄천의 각종 오물로 인해서 지저분하기가 이

루 말할 수 없을 정도였다. 그러나 매운탕만큼은 주인 여자의 장담대로 정말 일품이었다. 나는 어느새 빚을 받으러 왔다는 목적을 잊은 채 그와 더불어 술잔을 기울이기 시작하였다.

"몇 달만 더 참아줘. 알았지?"

"얼마나?"

"조금만……."

"글쎄 그게 언제까지냐고?"

"부동산 경기가 아주 죽기야 하겠어? 그럼 나라 경제가 망하는데?"

나는 머리를 끄덕거렸다. 제길헐……. 이게 어디 한두 번인가. 나는 제법 호기롭게 그에게 술잔을 내밀었다. 그가 건네는 잔도 마다하지 않았다. 술잔을 비울 적마다 내 입으로는 구구리와 피라미가 통째로 들어갔다.

하지만 나는 결국 귀가하는 길에서 그 모든 것을 토해내고 말았다. 그것은 불량식품으로 가득 채워졌던 신문 탓이 아니었다. 매운탕 여자와 다투던 어부 같은 사내의 쉰 목소리가 자꾸만 귓전을 때려댔기 때문이었다.

"내가 뭐 공짜로 탄천에서 물고기 잡는 줄 아슈? 아주머니가 한 번 들어가 보슈, 냄새가 얼마나 코를 찌르는데……. 고기는 늘 싸구려를 찾으면서, 돈은 왜 제때 주지 않으려고 수작을 부리는 거여?"

 나는 눈물까지 질금거리면서 먹었던 것들을 모두 토해냈다. 그래도 목구멍에서는 계속해서 오물이 넘어왔다.

 그는 이미 가고 없었다. ✷

그러나 우리는 짖지 않았다

 운반 차량에 실려 반나절을 흔들린 끝에 목적지에 내려진 나는 먼저 내 시야를 가로막는 그 집의 웅장한 규모에 놀라지 않을 수가 없었다. 성벽같이 쌓아 올린 높은 시멘트 담장 안에 우뚝 솟아있는 그 집은 한마디로 성곽이었으며, 바위산이었다. 그것은 가뜩이나 낯설어 어리둥절한 나를 압도하기에 충분했다. 물론 예상은 하고 있었지만, 그 집에 설치된 자체 경비망을 살펴볼 때 꼭 내가 필요했을까 할 정도였다. 철창을 씌운 창문마다 경보 사이렌이 울리도록 장비가 설치되어 있었고, 웬만한 바람쯤은 타고 넘기도 힘들 것 같이 높은 시멘트 담장 위로 또 세 줄씩이나 높이 둘러쳐진 철조망에는 고압 전류를 조심하라는 붉은 글씨의 팻말까지 나붙어 있었다. 어디 그뿐인가. 또 현관과 후미진 구석에는 어김없이 나와 같은 부류의 동족들이 긴장한 채 귀를 세우고 으르렁대고 있었다.

도대체 이런 곳에 어떻게 도둑이 들어올 수 있다고 나를 또 데려왔을까. 정원에 들어선 나는 머리를 갸웃거리지 않을 수 없었다.

'너희는 도둑을 잡는 파수꾼이다. 주인을 위해 충성하고, 침범한 도둑은 무조건 격퇴 시켜야 한다. 도둑은 모두 너희의 적이라는 것을 명심하라.'

짖어라. 크게 짖고 위협적으로 다가서라. 그래도 도둑이 물러서지 않는다면 무조건 물어라. 물고, 흔들고, 뜯고, 찢어라. 뒷감당은 내가 맡는다⋯⋯. 합숙훈련소의 교관은 온종일 거듭된 훈련 탓에 지쳐 곧 쓰러질 것 같은 우리를 세워놓고 한 차례씩 꼭 잔소리를 늘어놓고 나서야 일과를 끝내곤 하였다. 그리고 그것은 결국 나를 비롯한 훈련견 모두에게 도둑은 적이라는, 불타는 사명감을 심어놓았다.

내가 그 집에서 받는 대우란 최상이었다. 더 이상 바랄 것이 없을 정도로 사람들은 나를 극진히 대접해주었다. 기름진 음식은 끼니마다 싫증 날 정도로 진설되었고 비록 철책 안이지만 잠자리 또한 청결하고 널찍한 독방이었다. 합숙훈련소와는 비교가 되지 않았다.

열흘쯤 지나자 비로소 나는 이 집의 주인과 처음 대

면하게 되었다. 대머리인 그는 작달막한 체구에 배가 불뚝 튀어나온 사람이었다. 집안인데도 경비원을 대동한 그는 얼굴에 힘을 빼물고 있어 외관상으로도 음전하지 못한 인상을 풍겼다.

"이놈이 이번에 새로 들어온 놈입니다. 파주 목장 양가가 정성을 다해 훈련 시켰다는……."

"으흠. 그놈 정말 잘 짖게 생겼군."

그뿐이었다. 그는 그렇게 한번 나를 흘끗 쳐다보고는 이내 돌아서고 말았다. 첫 만남이었으므로 머리라도 한 차례 쓰다듬어 줄 것을 기대하고 다가갔던 나는 허망했다.

그날, 내가 주인의 첫인상에서 느낀 불쾌한 예감은 빗나가지 않았다. 그는 정말 음전하지 못한 위인이었다. 한 달이 미처 지나기 전에 나는 동료들에 의해서 그 모든 것을 소상히 알게 되었다. 도베르만은 집주인에 대한 온갖 비리를 아주 자세히 들려주었다.

"모두가 한통속들이야. 이 집에 드나드는 놈치고 도둑놈 아닌 놈은 한 놈도 없어. 백성들을 잡아다가 엎어놓고, 두들기다가 다독거려서 번 뭉텅이 돈을 집 안 깊숙이 몰래 숨겨놓고는 겁이 나니까 우리에게 지키라는 거야. 말하자면 그게 우리에게 맡겨진 임무인 셈이지. 그런데 그게 글쎄 잘될까."

도베르만이 말을 마치자 이번엔 곁에 있던 세퍼트가 말을 받았다.

"도둑놈도 아주 간 큰 도둑놈들이지. 그러니까 도둑놈 심보는 도둑놈이 잘 안다고, 좀도둑 몇 놈이 한밤중에 담 넘을 기미가 보이니까 이젠 너까지 보강한 거야."

세퍼트는 제법 조리 있게 말했다. 그의 말투에서는 신출내기인 나를 동료로 취급하는 신뢰성이 엿보였다. 허릅숭이 같은 경비원과 현관지기 불독의 눈치를 살피면서도 그는 그동안 그 집에서 벌어졌던 여러 가지 이야기들을 숨김없이 들려주었다.

"지난번에는 두 놈이 들어왔었어."

"아니, 이렇게 보안이 철저한데도 들어왔었다고?"

"그래도 그들이 보기에는 빈 구멍이 있었던 모양이야. 그러나 성공하지는 못했어."

"그럼 잡혔어?"

"저놈이 짖어대는 통에 혼겁하여 도망갔지. 철조망까지 절단해놓고."

말을 마친 그는 혀끝을 찼다. 아쉽다는 표정이었다. '도둑은 적이다.' 나는 그가 왜 그런 얼굴을 드러내는지 그 속내를 이해할 수가 없었다. 그러나 그가 혼잣말처럼 내뱉는 말에서 나는 왠지 모를 한속을 느꼈다.

"짖지 말았어야 했는데……." 나는 그 말을 허투루 흘릴 말이 아님을 그의 몸짓에서 느낄 수가 있었다. 그리고 그것은 그 집에 있는 우리 동족들이 모두 가지고 있는 묵인된 기류임을 직감했다. 훈련소에서부터 잔눈치가 밝기로 소문났던 나는 그들의 눈빛에서 그날의 그 원인이 불독에 있었다는 것을 알 수 있었다. 그리고 그 사건 이후 그는 주인의 총애를 받아 윤척없게도 우리 동료 가운데 가장 높은 지위에 오른 자가 누리는 현관 지킴이가 되었다는 것도…….

그리고 나는 곧 주인이 도둑이라는 것을 직접 확인할 수 있었다. 어찌 우리가 돈 냄새를 구별하지 못할까. 일주일에 한두 번 밤마다 은밀하게 고급승용차에 실려 오는 돈 짐짝이 무엇을 의미하는지 알게 된 나는 그때마다 가쁜 숨을 몰아쉬었다. 도둑은 누구보다 도둑이 잘 알고 있다. 그러니까 나는 그 도둑을 지키기 위해서 팔려 온 셈이었다.

그런 어느 날이었다. 낮 순찰을 마치고 볕 바른 구석에 앉아 털을 고르고 있을 때였다. 꼬리를 흔들며 세퍼트가 살갑게 다가왔다. 그는 네 다리를 길게 늘어트리고 잠자는 불독을 가리키며 나직하게 말했다.

"저놈이 죽일 놈이야. 저놈은 진짜 도둑이 누군 줄도 모르는 바보 같은 놈이거든."

그리고 얼마 뒤였다. 순찰을 위해 스산한 밤의 숲속을 거닐면서 추운 계절이 다가오고 있음을 예감하고 있을 때였다. 은밀한 소리가 내 고막에 포착되었다. 담 너머에서 들려오는 그것은 지금까지 내가 한 번도 들어본 적 없던 것으로, 어둠 속에서 무언가 비밀스럽게 진행되는 소리가 분명했다. 그 소리에 놀랐는지 자지러지게 울어대던 풀벌레 소리도 갑자기 잦아들었다. 귀를 쫑긋 세운 나는 긴장하지 않을 수가 없었다.

"도둑이다!"

나와 한 조가 되어 순찰하던 세퍼드가 나직하게 읊조렸다.

"그래, 도둑이야!"

우리는 곧 도베르만을 조용히 불렀다. 낌새를 느낀 도베르만도 귀를 쫑긋 세운 채 입김을 허옇게 내뿜었다. 그러자 조금 떨어진 곳에 앉아있던 불독이 어슬렁거리며 다가왔다. 그도 눈치를 챈 모양이었다. '도둑은 적이다……' 나는 문득 훈련소의 조련사 얼굴이 떠올랐다. 짖기만 하면 지금까지 대접받은 밥값은 충분히 하는 순간이었다. 그러나 나는 곧 고개를 가로젓고 말았다. 과연 이 마당에 누가 도둑이고 누가 도둑이 아니란 말인가. 나는 사리를 따질 시간이 없었다. 축 늘어진 목살을 흔들며 벌써 짖을 채비를 갖추기 시작한 불독에게 다짜고짜 달려들었다. 놀란 그가 움찔했으나 나는 물러서지 않았다. 가차 없이 그의 굵은 목을 물고 늘어졌다. 어쨌든 짖지 못하게 해야겠다는 생각 때문이었다. 그러나 불독 역시 보통내기가 아니었다. 두 다리로 버티고선 그는 나를 털어버리겠다는 투로 머리를 세차게 흔들어댔다. 하지만 그의 목숨은 그게 마지막이었다. 세퍼드와 도베르만까지 가세하여 순식간에 물고 늘어지는 통에 그는 결국 쓰러지고 말았다. 그러나 나는 송곳니가 깊숙이 박힌 그의 목을 놓아주지 않았다. 숨이 끊어졌다는 것을 확인한 뒤에야 겨우 풀어주었다. 잔디가 깔린 마당에는 그가 흘린 피가 어느새 질펀하게 퍼져 있었다. 그것은 정말 순식간에 벌어진 일이었다.

그날 밤 그 집은 정말 도둑으로 인해서 쑥밭이 되었다. 그러나 우리는 끝끝내 짖지 않았다. 그들이 모두 들고 도망갈 때까지 모두가 하나 같이 입을 닫고 있었다. 결국 경비원에게 치도곤을 당한 며칠 뒤 나는 다시 어딘가로 팔려 가면서도 입을 굳게 다물고 짖지 않았다. 그래도 후회는 없었다. 도베르만도 세퍼트도 입을 다문 채 어딘가로 묵묵히 팔려 가고 있었다.

개보다 못한 놈들……. 혀를 빼문 도베르만이 나를 보며 웃었다. ✸

할머니의 고향

점심 식사를 막 마친 뒤였다. 나동 206호 여자가 헐레벌떡 경비실로 뛰어 들어왔다. 그녀는 납처럼 하얘진 얼굴로 인사말도 자른 채 팔짝팔짝 뛰었다.

"우리 어머님 못 보셨어요?"

나는 순간, 또 사태가 벌어졌다는 것을 직감했다. 이것이 벌써 몇 번째인가. 단지를 빠져나갔다면 여기 아니면 거기밖에 없다고 판단한 나는 급히 후문에 연락을 취했다. 그러나 그쪽도 모르기는 나와 같았다. 어디로 어떻게 빠져나갔는지 CCTV에도 할머니의 모습은 잡히지 않았다.

"또 나가셨나 보군요."

나는 안절부절못하는 여자를 진정시키기 위해 먼저 위로의 말부터 건넸다.

"예에. 빨래를 걷느라고 잠깐 한눈파는 사이에 그만······."

발을 동동 구르며 떨고 있는 여자는 금방이라도 울음을 터트릴 것 같았다.

나는 그녀의 입장이 충분히 이해되었다. 지금은 이 세상 사람이 아니지만 내 어머니도 한때는 그랬다. 눈 깜짝할 사이에 사라져 온 식구가 한밤중까지 찾아다니느라고 생난리를 친 적이 어디 한두 번이었는가.

"어디 짐작 가는 데도 없어요?"

"없어요······."

"경찰에 신고는 하셨어요?"

"아니요. 아이 아빠가 하지 말라고 해서······."

"아이 아빤 뭐라고 그러세요?"

"야단이지요, 뭐. 집구석에서 노인네 한 분도 똑바로 보지 못했다고······. 지금 회사에서 오고 있을 거예요."

그런 점에서 보면 이곱단 할머니는 전과자였다. 무단 가출한 것이 이번까지 벌써 댓 번도 넘었다. 치매 증상이 있어 집에서 며느리의 보호를 받는 중인데도 무슨 정신이 있는지 항상 호시탐탐 기회를 엿보다가 오늘처럼 감시가 잠시 소홀해지면 용수철처럼 뛰쳐나갔다. 얼마 전에는 단지에서 두 마장이나 떨어진 채소밭에서 발견되었으며, 또 그보다 몇 달 전에는 버스 종점에서 서성거리다가 발견되기도 하였다. 그 모두 산발한 채 맨발로 걸어 다니는 할머니가 수상하다고 여긴 주변 사람들의 신고 덕분이었다.

"별일은 없겠지요?"

그녀가 걱정스럽다는 얼굴로 나에게 물었다.

"그럼요, 곧 찾을 겁니다."

나는 그녀의 시선을 피해 창밖을 내다보았다. 대답은 그렇게 했지만 답답하기는 나도 그녀와 마찬가지였다. 사실, 가출한 치매 노인들이란 럭비공이나 다름이 없어서 어디로 튈지 전혀 예측할 수가 없었다. 더러는 그렇게 동서남북도 모른 채 헤매다가 길거리에서 객사한 노인도 있었고, 행방불명되어 오랫동안 가족들의 애를 태운 노인도 있었다. 그러나 그 말을 여자에게 해줄 수는 없었다.

그 좋은 예가 내 어머니였다. 처음 몇 번 가출했을 적에는 운 좋게 다시 모셔 올 수 있었지만 마지막은 아니었다. 사방팔방 찾아다니다가 사흘 만에 기별을 받고 달려간 곳은 병원이었다. 어머니는 그곳 시체실에 누워 있었다. 어디를 어떻게 헤매고 다녔는지 그 모습은 보기가 민망할 정도로 처참했다. 손톱과 발톱은 빠져 있었고, 어디를 어떻게 부딪쳤는지 온몸에는 피멍이 들어 있었으며, 몇 끼니를 굶은 듯 얼굴은 마른 장작개비처럼 초췌해 있었다.

여자는 경비실에 오래 머물러 있지 못했다. 마음이 바쁜 듯 총총히 뛰어나갔다. 어딘가에서 헤매고 있을 할머니를 찾아 이제부터는 그녀가 헤매기 시작할 시간이었다. 그때 내가 무작정 그랬던 것처럼…….

이곱단(83) 할머니가 아들 집에 얹혀살게 된 지는 2년 남짓 되었다. 아들이 이곳에 정착한 것은 꽤 되었으나 쉽게 합칠 수 없었던 것은 할머니의 고집 때문이라고 했다. 여자는 만일 할머니가 정신만 온전하였다면 아직도 고향을 떠나지 않았을 것이라고 말했다. 그 정신에도 어찌나 고집을 부리는지 하마터면 그곳에서 초상을 치르는 줄 알았다고, 여자는 머리를 흔들었다.

"……그 흐린 정신에도 파종 시기, 추수 시기를 어찌나 정확하게 기억하고 계시는지 깜짝깜짝 놀랄 때가 많아요. 여기 와서도 어느 때는 깨 걷어야 한다고 소리치고, 또 어느 때는 씨감자를 심어야 한다고 외쳐대요. 어디 그것뿐인 줄 아세요? 날이 며칠 가물다 싶으면 논물 대야 한다고 막무가내로 나가려고 해서 진땀을 다 빼놓곤 하세요."

말을 다 아니 해도 나는 그녀가 얼마만큼 힘든지 짐

작하고도 남았다.

할머니가 첫 번째 가출을 감행했을 때도 그녀는 지금처럼 콩콩 뛰어다녔다. 할머니와 똑같이 산발한 채 단지 구석구석을 뒤졌다. 그때도 나는 지금처럼 내 어머니의 이야기는 꺼내지도 못하고 그녀를 진정시키기에 바빴다.

하지만 할머니의 가출이 나에게 아주 무익한 것만은 아니었다. 아무리 치매를 앓고 있는 중증 환자라고 하더라도 지나온 삶의 흔적인 기억을 손에서 모두 놓아 버리지 않는다는 것을 나는 그때 비로소 깨닫게 되었다. 사실, 사람조차 제대로 구별하지 못하는 중증을 앓고 있으면서도 그와 같은 기억을 지우지 않고 있다는 것은 놀라운 일이 아닐 수 없었다.

이곱단 할머니의 행방은 다음날까지도 오리무중이었다. 회사에 연가를 낸 아들은 결국 어쩔 수 없이 경찰에 신고하기에 이르렀으며, 밤새 눈 한 번 붙이지 못한 여자는 아침이 밝기가 무섭게 다시 찾아 나섰다. 사색이 된 여자는 어느새 목청까지 쉬어 있었다.

"정말 이러다가 돌아가시기라도 하면 저는 어떡해요. 모두 제 책임이잖아요. 제가 지켜드리지 못해서 생긴 일이잖아요."

여자는 조사를 나온 경찰이 오늘이 고비라는 말을 꺼

내자 마침내 죄책감까지 덧걸린 듯 소리를 내어 꺼이꺼이 울기 시작하였다. 한 번 터지기 시작한 여자의 울음보는 남편이 말려도 그칠 줄을 몰랐다.

다행히 할머니는 그날 어둡기 전, 한 농부의 신고로 다시 모셔 올 수가 있었다. 할머니가 정문 앞에 나타난 순간, 나는 내 어머니를 찾은 것처럼 기뻐 나도 모르게 자리를 박차고 뛰어나갔다. 재활용품 수거 문제 때문에 잠시 나갔다 돌아온 후문 경비 김씨도 남의 일 같지 않은 모양이었다. 그러나 할머니는 무덤덤했다. 지금까지 자신이 무엇을 했으며 어디에 있었는지 모르는 얼굴로 이따금 마른 입술을 축이며 우리를 돌아보곤 하였다. 흙투성이가 된 옷가지만이 그동안의 행적을 말해주고 있었다.

"정말 다행이네요!"

"그럼요. 하나님이 도우신 거예요."

아침부터 온종일 울고 다니던 여자는 언제 그랬느냐는 듯이 활짝 웃었다. 다시는 놓지 않겠다는 듯 할머니의 팔짱을 꼭 붙들고 있었다. 하긴, 얼마나 노심초사했겠는가. 나는 그 마음을 충분히 이해했다.

"그런데 어디에서 찾으셨어요?"

김씨가 궁금한 듯 물었다.

"공원 건너편에 있는 채소밭 있죠? 거기에 계셨대요, 글쎄. 등잔 밑이 어둡다더니 정말 그랬지 뭐예요. 다 찾아다녔지만 거긴 설마 했거든요."

김씨의 궁금증은 그러나 그것으로 풀리지 않는 모양이었다. 여자와 함께 할머니를 부축하며 다시 물었다.

"어젯밤에도요? 꽤 추웠을 텐데……."

"거기 허름한 움막이 하나 있잖아요? 거기에서 주무신 모양이에요. 왜, 거 있잖아요. 시골에 가면 밭 귀퉁이에 더러 세워져 있는 것 같은……. 어머님은 아마 그곳을 고향으로 착각하신 모양이에요. 암튼, 얼마나 다행이에요? 그 기억이라도 버리지 않고 가지고 계셨다는 게……. 안 그래요?"

여자는 마냥 기쁜 얼굴이었다. 아직 눈물 자국이 지워지지 않은 볼에 주름이 잡히도록 또 활짝 웃었다.

"그럼요! 그럼요!"

나는 비로소 알 것 같았다. 그러니까 이곱단 할머니는 어제 혼자 고향에 다녀온 게 틀림없었다. 고향 집에서 하룻밤 푹 자고 온 것이었다.

어느새 단지는 어둠이 깃들고 있었다. 수업이 끝났는지 집으로 돌아가는 어린 학생들의 재잘거리는 소리가 어디에선가 왁자하게 들려왔다. ✣

덧없는 노래

생명이란 무엇일까.

꽃샘바람이 심하게 불던 어느 봄날이었다. 낯선 손님 하나가 예고도 없이 닥나무를 찾아왔다. 그는 산 아래에 살던 뱀풀이었는데, 오들오들 떨면서 바람에 곧 꺾어질 듯한 줄기를 어지럽게 흐느적거리고 있었다. 닥나무는 깜짝 놀랐다. 그토록 음충맞다고 소문이 자자한 뱀풀이 왜 하필이면 나를 찾아왔을까. 그러나 본디 박절하게 자르지 못하는 성미의 닥나무는 그를 퇴박하지 않았다. 그는 자신의 발목을 붙든 채 떨고 있는 뱀풀을 내려다보면서 다정스럽게 물었다.

"웬일이십니까?"

"제발 저를 불쌍히 여기시고 살려주십시오. 저는 본

래 뼈대가 없어서 누구의 몸통을 의지하지 않고는 살아갈 수가 없는 놈이랍니다."

뱀풀은 울면서 닥나무에게 매달렸다. 그의 말에 의하면 처음으로 이곳에 이사 오게 되었는데 그를 반겨주는 나무가 하나도 없는 탓에 닥나무를 찾아오게 되었다는 것이었다.

"절대로 당신에게는 폐를 끼치지 않겠습니다. 약속하겠습니다."

그는 막무가내로 간청하였다. 그의 말을 듣자 닥나무는 마음이 동요되기 시작하였다. 다 같은 식물로 하나의 숲을 이루고 살아야 하거늘, 더구나 그의 발목에 연신 입술을 맞추는 뱀풀을 어찌 박절하게 내칠 수 있단 말인가. 결국 얼마 지나지 않아서 닥나무는 큰맘을 먹고 의지가지없는 그를 거두어 주기로 작정하였다.

그러자 산동네 숲에서는 온통 소란이 일어났다. 나란히 서 있는 닥나무는 물론이거니와 오리나무, 상수리나무, 밤나무, 벚나무, 옻나무, 산수유나무, 참나무, 하물며 싸리나무, 산딸기까지 산동네의 나무라는 나무는 모두 입을 크게 벌리고 시끄럽게 떠들면서 닥나무를 나무라기 시작하였다.

"타성바지에게 잔정을 주다가는 나중에 큰코다치는 법이야. 특히 허릅숭이 같은 뱀풀을 뭘 보고 받아들여!"

"맞아. 아랫동네에서도 그놈들 때문에 죽어버린 나무가 하나둘이 아니래. 본래 뼈대 없는 놈들은 믿는 게 아니야."

제법 지깝스러운 엄나무까지도 닥나무를 마치 인숭무레기 같다고 퉁박을 주었다. 하지만 닥나무는 그들의 걱정 어린 충고를 잔사설로 치부하면서 한 귀로 흘려보냈다. 그리고는 타관을 타는 뱀풀을 오히려 두둔하고 나섰다.

"본래 이 산은 우리만 살아가라고 있는 게 아니잖아요."

그러자 산동네의 나무들은 그만 그의 고집에 두 손을 들고 말았다.

오월이 되었다. 초록의 옷으로 갈아입은 산동네는 더욱 활력이 넘쳐나고 있었다. 닥나무도 기운이 솟구쳤다. 이따금 심술을 부려대는 봄바람까지도 싱그럽게 느껴졌다. 그것은 뱀풀도 마찬가지였다. 어느새 닥나무의 허리통까지 기어오른 뱀풀은 그를 꼭 붙잡은 채 이제는 다른 나무들의 비난 따위를 조금도 두려워하지 않았다.

하지만 여름이 가까워지면서 닥나무는 이윽고 자신

이 뱀풀을 받아들인 것을 후회하기 시작하였다. 비로소 산동네 나무들이 왜 자신을 나무랐는지, 왜 그를 내치라고 했는지, 이유를 알게 되었다.

강철같은 억센 줄기로 자신의 온몸을 얽은 채 욱죄고 있는 뱀풀 때문에 닥나무는 이제 마음대로 기지개조차 켤 수가 없었다. 숨이 턱턱, 막혔다. 그러나 뱀풀은 막무가내였다. 닥나무가 답답하여 한 번 몸통이라도 추슬러 볼까 하면 뱀풀은 오히려 일갈하면서 실뚱맞게 굴기 일쑤였다. 그것은 분명 이른 봄에 찾아와 눈물을 흩뿌리던 때와는 전혀 다른 모습이었다.

닥나무는 어쩔 수가 없었다. 오직 자신의 힘이 부족하고, 자신의 판단이 미련했다는 것을 탓할 수밖에 없었다.

"네가 나한테 이럴 수가 있냐?"

어느 날 닥나무는 뱀풀을 불러 따졌다. 그러나 그날도 볼강스러운 뱀풀에게 지고 말았다.

"내가 싫으면 당신이 이곳을 떠나면 되잖아. 절이 싫으면 중이 떠나는 게 당연한 일 아니야?"

뱀풀은 한마디로 잘랐다. 그의 말을 들으면서 닥나무는 한숨을 내쉬었다. 그렇다고 하소연할 곳도 딱히 없었다. 뱀풀 탓에 비쩍 마른 그가 도움을 청하기 위해 이웃 나무들에 손을 벌려도 그들은 외면한 채 눈길 한

번 주지 않았다. 그들은 그들끼리 모여서 빈정거리며 오히려 닥나무를 향해 손가락질까지 해대고 있었다.

"저러다가 닥나무가 죽어도 우리 잘못은 아니야."

"물론이지. 자기가 좋아서 받아들인 걸 누굴 탓해."

"우리가 그렇게 말릴 때는 귓등으로 흘리더니, 꼴 좋게 되었네!"

그 모든 게 자기 잘못이라는 것을 알고 있는 닥나무는 그들의 비아냥거림을 들으면서도 대꾸조차 하지 못했다.

칠월 장마가 끝나자 마침내 무더위가 막바지 기승을 부리기 시작하였다. 그동안 더욱 억세어진 뱀풀은 가시까지 곤두세운 채 닥나무의 온몸을 묶고 사정없이 찔러대며 욱죄었다. 그 여름 동안 호흡하기조차 어려워진 닥나무는 날마다 한두 차례 까무러치면서 죽는 날만을 기다리고 있었다. 그러나 뱀풀은 닥나무의 사정 따위는 조금도 괘념치 않았다. 더욱 모질고 그악스럽게 닥나무를 칭칭 감고 올랐다. 마침내 닥나무의 머리 꼭대기까지 오른 뱀풀은 바람에 하늘거리면서 즐겁게 노래를 불렀다. 가뜩이나 버거운 닥나무는 그가 부르는 노랫소리에 귀가 따가울 지경이었다. 그렇지만 닥나무가 한마디 할라치면 그는 들은 척도 아니하고 콧방귀를 뀔 따름이었다.

"그러니까 내가 뭐라고 그랬어? 내가 싫으면 떠나가라니까!"

그런 어느 날이었다.

작달비가 한 차례 퍼붓다가 그친 오후, 선들바람이 부는 산자락을 타고 툽상스럽게 생긴 한 사람이 낫을 들고 나타났다. 그는 주저하지 않고 곧장 닥나무 곁으로 다가갔다.

"아무짝에도 쓸모없는 뱀풀이 언제 이렇게 성했지? 여름 내내 바빠서 못 올라왔더니만 이놈이 그사이 아주 닥나무를 죽일 듯 타고 올라왔구먼."

그는 혀끝을 차며 낫을 높이 치켜들었다. 그리고는 거침없이 뱀풀을 쳐내기 시작하였다.

그뿐만이 아니었다. 그는 뱀풀이란 지독하기가 한량없는 놈이라서 뿌리까지 뽑아야 한다고 땅을 파헤쳐 어느새 실하게 자리 잡은 뿌리도 모조리 캐내었다. 그렇게 해야 내년에는 근처에 얼씬거리지 못한다는 것이었다.

그는 인정사정이 없었다. 어지럽게 휘두르는 그의 힘찬 낫질에 닥나무는 넋을 잃을 정도였다. 자신을 붙잡고 다시 애걸복걸하는 뱀풀의 처지가 불쌍했으나 그것은 이미 자신의 힘 밖에 속했다.

  그 뒤부터 그 숲에서 뱀풀의 노래는 다시 들을 수 없었다.

  잠시 소란스러웠지만, 숲의 생명은 계속 이어졌다. ✺

아낙군수

산내 아파트 '나'동 302호에 사는 김영희 여사(68세)는 남편 이복술 씨(72세)의 기침 소리가 들리기 시작하면 자신도 모르게 눈살부터 찌푸린다고 한다. 오늘은 또 무엇을 가지고 트집을 잡으려고 자세부터 고쳐 앉을까, 긴장된다는 것이다.

"또 뭔 일이 터졌어요?"
"세상 정말 말세군, 말세야!"
그날도 김 여사는 거실에서 신문을 뒤적거리며 자못 심각한 표정으로 혀끝을 차는 남편을 곁눈질하며 가까이 다가갔다. 그러나 별다른 기사가 아니라는 걸 깨닫고는 이내 돌아섰다. 특검 문제를 놓고 여당과 야당이 기세 싸움을 벌이고 있다는 기사가 나온 게 오늘 처음

나온 것은 아니지 않는가. 그건 큰 제목만 봐도 쉽게 알 수 있는 일이었다.

"정치가 썩었어. 국민의 대표라는 작자들이 모두 이 모양이니, 아이들까지 선생을 우습게 여기고, 덤비는 거 아니냐고! 윗물이 맑아야 아랫물이 맑은 법이지! 이 나라가 어떻게 되려고 이 모양인지, 정말!"

김 여사는 남편 이복술 씨가 비분강개하며 혀끝을 차는 동안 다시 식탁 의자에 앉아서 고구마 줄기를 다듬었다. 한숨이 저절로 터져 나왔다. 남편이 내뱉는 그 소리는 마치 다듬고 다듬어도 끝날 줄 모르는 고구마 줄기처럼 지금까지 귀가 아프도록 들어온 말 가운데 하나였다.

산내 아파트 '나'동은 주로 서민들이 사는 별로 넓지 않은 평수의 아파트였다. 그래서 그런지 입주민들은 모두 늘 바쁘게 일상을 살아가고 있었다. 아침 일찍 일터로 나갔다가 저녁 늦게 돌아오는……. 그러나 302호는 거기에서 언제나 예외였다. 이복술 씨가 무직이고, 김 여사 또한 하루 놀고 하루 쉬는 처지였기 때문에 바쁠 이유가 조금도 없는 세대였다.

이복술 씨는 한평생 직장을 가져본 적이 없는 사람이었다. 한마디로 말해서 발품을 팔아 남의 밥을 얻어먹어 본 적도 없거니와 내 밥도 벌어보지 못한 위인이었다. 그런데도 그는 인근에 적잖은 임야를 소유하고 있는 알부자였다. 그러니까 그가 날마다 따끈한 밥을 배불리 먹을 수 있는 것은 순전히 부모가 물려준 유산 덕분이었다.

원주민인 이복술 씨는 그의 부모와 마찬가지로 태어난 뒤 한 번도 이곳을 떠나본 적이 없었다. 부모는 농사밖에 모르는 사람이었다. 성품이 부지런하고 억척스러워서 그들은 남들이 쉬는 땡볕에도 똥지게를 지고 땅을 일구었다. 이것이 갑자기 신도시로 개발되는 바람에 큰 부자가 되었지만, 그들은 그것이 도통 무엇인지조차 모르는 사람들 같았다. 사람들의 부러움을 외면한 채 여전히 가뭄을 걱정했으며, 홍수가 들까 불안해했다.

이복술 씨는 한술 더 떴다. 부모가 작고한 뒤, 농사조차 짓지 못하게 되자 그냥 집안에 들어앉아 꼼짝하지 않았다. 사람들이 그 많은 돈을 썩히면 되느냐고, 사업계획 등을 가지고 와서 쑤셔 보았지만 요지부동이었다. 땅 매매를 전문으로 하는 부동산 중개업자들도 몇 번 들락거렸으나 그것 역시 씨가 먹히지 않았다. 그의 대답은 한결같았다. 나라가 뒤숭숭하고, 세계 경제가 안 좋아 지금은 그런 걸 사고팔 때가 아니라는 것이었다. 그럼 그때가 언제냐고, 김 여사가 나서서 이젠 우리도 남들처럼 좀 사는 것처럼 살아보자고 종주먹을 들이대기도 하였으나 그는 그것조차 한쪽 귀로 흘리곤 하였다. 이놈의 세상에서 해먹을 게 뭐가 있어. 모두가 도둑놈들 천지인데……. 이럴 땐 그저 가만히 납작 엎드려 있는 게 상책이야!

그렇다고 그에게 정신을 쏙 빼는 어떤 취미가 있는 것도 아니었다. 혹시라도 누가 낚시나 등산 같은 것을 가자고 부추기면 그는 지레 머리부터 설레설레 흔들며 펄쩍 뛰었다. 밥 먹고 할 일이 없어 그런 데 가서 땀을 뺍니까. 그럴 힘이 있으면 집에서 국으로 내일을 위해 주무세요, 하면서 오히려 핀잔을 주기 일쑤였다.

그의 유일한 즐거움이란 오직 은행 이자를 계수하는 일과 신문 읽기였다. 따지고 보면 이렇듯 적은 평수로 이사를 오게 된 것 역시 이자를 좀 더 많이 받기 위하여 그가 짜낸 묘책 가운데 하나인 셈이었다. 어쩌다가 김 여사가 농담 삼아, 은행은 어떻게 믿느냐고 물으면 그는 정색을 한 채 사실 그게 걱정이 되어서 어젯밤은 뜬 눈으로 새웠다며 심각한 표정을 짓곤 하였다. 그에게는 신문도 그가 늘 이야기하는 세계 경제 동향과 국내 정세를 습득하기 위한 도구인 셈이었다. 그것을 통해 그는 매일매일 새로운 걸 깨우쳤다. 남자가 세상을 모르면 바보가 되는 법이거든……. 그래서 그는 매일 배달되는 서너 개의 신문을 때로는 투덜대고, 또 때로는 울분을 쏟아내며 종일 꼼꼼히 읽곤 하였다.

"이런 무식한 녀석을 봤나……. 아, 어쩌자고 고속도로에다가 소들을 풀어놔. 수입을 자유화한 게 언젠데, 그럼 소 가격이 오를 줄 알았어? 그런 것도 예상할 줄 모르는 놈들이니까 결국은 그 꼴을 당하지!"

잠시 조용하던 거실이 혀를 끌끌 차는 이복술 씨의 목소리로 다시 웅웅, 울리기 시작했다. 그래도 김 여사는 대꾸하지 않았다. 그쯤은 이미 면역이 되어버린 탓이었다.

"에잇, 미친놈들! 그렇게 서로 소통이 되지 않으니까 그 모양, 그 꼴이지!"

얼마나 지났을까. 이복술 씨가 이윽고 신문을 접고 일어섰다.

김 여사는 그가 일어나는 것과 동시에 벽시계를 올려다보았다. 오전 11시. 그날도 시간은 정확했다. 그렇다면 오전 신문 읽기를 모두 마친 남편이 갈 곳이란 보지 않아도 뻔했다. 잔기침을 연신 뱉어내며 잰걸음으로 아파트 단지를 두어 바퀴 돌다가 혹시라도 아는 사람을 만나면 정치와 경제, 사회 문화까지 들먹거리며 한 차례 시답잖은 소리를 떠들어댈 것이었다. 그러다가 듣는 사람이 시큰둥한 얼굴을 하면 다시 들어와서는 무슨 큰일이나 치르고 온 사람처럼 빨리 점심상을 차리라고 큰소리칠 게 분명했다.

문제는 이런 부류가 이복술 씨만이 아니라 산내 아파트 단지 안에 갈수록 늘어나고 있다는 점이었다.

메아리

염 선생은 생각하면 할수록 치가 떨렸다. 분했다. 선생을 얕잡아봐도 분수가 있지, 그래 흰머리가 성깃성깃한 선생의 별명을 만들어 공공연히 놀려대다니……. 그건 말이 되지 않는 행실이 틀림없었다.

어제 오후 마지막 수업이었다. 염 선생은 피곤한 눈을 껌벅거리면서 3반 교실로 들어갔다. 그가 들어서자 교실 안은 다른 때와 달리 의외로 조용해졌다. 원래는 교탁을 손바닥으로 몇 번 타닥타닥 두들길 때까지 시끌벅적하기 마련인데 이상한 일이었다.

그러나 그것은 이상한 일이 아니었다. 학생들을 한 차례 훑어보고 막 칠판 쪽으로 돌아섰을 때 그는 하마터면 자지러지게 놀라 교단에서 넘어질 뻔하였다. 거기에는 큰 글씨로 '염소똥'이라고 씌어 있었다.

가까스로 마음을 진정하고 뒤돌아섰을 때 한 학생이 킥킥 웃는 모습이 눈에 들어왔다. 그는 가만히 있을 수가 없었다. 가차 없이 그 학생을 불러세웠다. 다시 분기가 솟기 시작한 그는 그 학생을 공개적으로 닦달하며 매섭게 몰아붙였다.

"내일 오후까지 보호자를 교무실로 모시고 와! 그렇지 않으면 학칙에 따라 처벌할 테니까. 알았어?"

그 학생이 칠판에 글씨를 쓴 당사자라는 것을 확인한 순간, 염 선생은 도저히 그를 용서할 수 없을 것 같았다. 다시는 그런 못된 장난을 치지 못하도록 혼쭐을 내줘야겠다고 생각했다. 그래야 다시는 그런 장난을 치지 못할 게 아닌가. 그러나 등줄기에 식은땀이 흐르는 것을 의식한 그는 곧 냉정을 되찾고 결국 다시 한번 엄포를 놓는 것으로 일단락을 지었다.

"알겠지?"

"예에……."

녀석은 벌써 기가 죽어 있었다. 기어드는 목소리로 대답하는 녀석의 얼굴에는 이미 장난기가 사라져있었다.

배포도 작은 녀석이 장난은……. 염 선생은 갑자기 그의 머리를 쓰다듬어주고 싶은 마음이 일었다. 그렇지만 당장 이랬다저랬다 했다가는 또 참새 같은 학생들의 구설수에 휘둘릴 것 같아 그는 꾹 참았다.

그게 전부였다. 염 선생은 그날 수업을 어떻게 마쳤는지 기억도 나지 않았다. 다음 날, 염 선생은 마치 염탐하듯 그들의 거동을 주시했으나 그들은 벌써 어제의 일은 까맣게 잊은 듯했다. 그들의 행동으로 비추어 볼 때 그것은 결코 악의에서 비롯된 게 아니라는 걸 알 수 있었다. 또 별명이란 어쩌면 인기의 척도일 수도 있지 않은가. 염 선생은 교무실 창밖에서 뛰어노는 어린 학생들의 몸짓을 바라보며 스스로 그쯤에서 이젠 그 일을 잊어야겠다고 생각했다.

그러나 염 선생이 이렇게 자위하기 시작할 무렵 걸려온 전화는 그의 상처를 다시 들쑤셔 놓았다.

"나, 재국이 애비되는 사람인데, 곧 찾아뵙겠습니다. 어제는 제 아들 녀석이……. 정말 미안합니다."

"아니 뭐 그깐 일로……."

전화는 바로 끊겼다. 염 선생의 말을 끝까지 듣지도 않고 자기 할 말만 쏟아낸 뒤 찰칵 끊긴 것이었다. 염 선생은 또 그 무례한 처사가 괘씸했다. 그 아비에 그 자식이라더니, 부모가 가정 교육을 그따위로 시켰으니까 그 녀석이 그 모양이지, 고얀 녀석……. 염 선생의 분통은 다시 끓어올랐다. 더는 참을 수가 없었다. 입술을 꼭 다문 채 그는 괜스레 조간신문만 신경질적으로 뒤적거렸다. 모든 게 짜증스러웠다.

20분쯤 지났을까. 교무실 문이 빠끔히 열리면서 문제의 학생과 늙수그레한 중늙은이가 들어섰다. 학생은 어제처럼 주눅이 든 표정으로 시종 고개를 숙이고 있었으나 중늙은이는 마치 생소한 풍경이라도 구경하는 듯 들어서면서부터 고개를 빳빳이 쳐들고 두리번거리고 있었다. 그런데 웬일일까. 염 선생은 그런 그가 도무지 낯설게 느껴지지 않았다.

염 선생은 앉은 채 그들을 맞으며 어디서 많이 본 듯한, 주름살투성이의 얼굴을 찬찬히 뜯어보았다.

"재국이 애비 됩니다. 정말 면목이 없습니다."

그는 공손히 머리를 숙이며 염 선생을 넌지시 건너다보았다. 건방진 태도는 아니었으나 어딘지 모르게 당당함이 엿보였다.

"저도 교감까지 지낸 교사 출신입니다. 지금은 물론 정년퇴직했습니다만……. 그때 제 별명도 학생들이 염소라고 불렀죠. 제 몰골이 꼭 염소 같다고……."

아하, 염 선생은 비로소 그가 누구인지 알 수 있었다. 염 선생은 자리에서 벌떡 일어나 중늙은이의 손을 덥석 잡았다. 비록 세월이 지나 그때보다는 몰라볼 만큼 많이 늙었으나 그는 자신이 중학교 다닐 때 담임을 맡

앉던 염 선생, 바로 그분이었다.

하지만 염 선생을 알아보지 못한 중늙은이는 당혹한 얼굴빛이었다.

"선생님, 저를 기억하시겠습니까. 제가 K중학교 다닐 때 선생님의 별명을 낙서했다가 치도곤을 당했던 염 학준입니다. 염 학준……."

염 선생의 눈가에는 어느새 눈물방울이 맺혔다. 그토록 뵙고 싶었던 선생님을 여기에서 뵙다니……. 그는 꿈만 같았다. 손이 부들부들 떨렸다.

그때에서야 비로소 중늙은이도 염 선생을 알아본 모양이었다. 갑자기 그가 소리 내어 허허롭게 웃었다.

"그래 이제 알겠구먼. 자네가 '염소똥은 콩자반, 콩자반은 염소똥'이라고 칠판에 썼던 장본인이군 그래. 그러니까 그걸 우리 막내 놈이 복수한 셈이고……."

허허허……. 그가 웃자 학생은 어리둥절한 얼굴로 따라 배시시 웃으며 아버지와 염 선생의 기이한 해후를 지켜보고 있었다.

"그렇다면 피장파장이군, 이거……."

"그런 것 같습니다, 선생님. 애들 말대로 때는 때 대로 간다더니, 제가 꼭 그 꼴을 당한 것 같습니다."

정말 이런 만남도 있을까. 염 선생도 웃지 않을 수가 없었다.

한창 개구쟁이였을 때 왜 이 선생님을 염소 같다고 느꼈는지 그것은 지금 생각해보아도 까닭을 모를 일이었다. 그러나 선생님은 늘 그것을 전혀 모르는 양 시침을 떼고 수업을 하였기 때문에 그는 어느 날 그것을 꼭 알려주고 싶은 충동을 느꼈다. 사건은 마침내 터지고 말았다. 노발대발한 선생님에게 군밤을 맞아 까까머리에 혹이 서너 개 생긴 건 물론이고 부모까지 모셔 온 뒤에야 겨우겨우 풀려날 수 있었다. 염 선생은 가끔 그 추억이 떠오를 적마다 그때의 선생님을 만나 뵙고 싶은 마음이 간절했다.

"선생님, 나가시죠. 오늘은 제가 저녁을 꼭 대접해 드리고 싶습니다."

염 선생은 퇴근을 서둘렀다. 조금만 지체했다가는 그나마 스승을 놓칠 것 같았기 때문이다.

어느새 바깥은 사위가 어둑어둑해지기 시작했다. ✸

꽃돼지의 미소

"많이 먹고 어서 살찌거라. 내 착한 돼지들아."

그날 아침에도 변한 것은 아무것도 없었다. 인근의 식당을 기웃거리며 구걸해온 게 분명한 풀기 없는 짬밥을 박 노인은 우리의 밥통에 부어주면서 또 똑같은 말을 되풀이하였다.

그것은 나의 예상대로였다. 울 밖에서 그의 발걸음 소리가 들려올 때부터 나는 이미 그날도 또 한 차례 듣기 싫은 그 소리를 들을 것이라고 짐작하고 있던 참이었다. 늘 그랬지만 약간 쉰 목청으로 혼자 씨부렁거리듯 하는 그의 말을 듣는 순간 나는 또다시 입맛이 달아나버렸다. 어머니가 끌려가던 그 날의 악몽이 되살아나 나를 움츠러들게 하였다. 그 소리는 마치 이제 너희들 가운데 한 놈은 너희들의 어미처럼 곧 죽을 거라는,

사형선고 같은 말이었다.

그러나 그것은 비단 나만이 가지고 있는 예감이 아닌 모양이었다. 그렇게 어미와 이별하고도 울안에 갇힌 채 똑같은 모양으로 사육되고 있는 나와 같은 형제들은 모두 한결같이 그 소리가 가진 힘을 떨치기 힘든 모양으로 선뜻 밥통 앞으로 주둥아리를 박지 못했다. 박노인이 울 밖에서 지껄이다가 돌아가자 가뜩이나 컴컴한 울안은 더욱 을씨년스러웠다. 그것은 해토머리에 이따금 불어대는 된바람 탓만이 아니었다. 언제 떨어질지 모르는 불똥에서 자신이 비켜 갈 길은 없을까 하는 상념을 지닌 채 돼지들은 모두 널브러져서 툴툴거리고 있었다.

"젠장 맞을……. 이번에는 누가 끌려 나가서 저들의 잔칫상 위에 오를까?"

"글쎄……. 어쨌든 이번 혼례잔치에도 우리를 끌어낼 건 분명해. 작년에도 꼭 이때쯤에 어머니를 끌어갔잖아."

"나는 아예 오늘부터 단식투쟁을 하겠어. 설마하니 저희도 양심이 있다면 먹을 나위도 없는 비쩍 마른 놈을 잡아가겠어?"

본디 데설궂기로 유명한 얼룩이가 창을 바라보면서 산적이라는 이름의 돼지와 더불어 불뚝성을 달래고 있었으나 누구 하나 토를 달고 나서는 돼지는 없었다. 그들의 대화에 울안의 돼지는 모두 동감하는 낌새였다. 사실 우리가 조금 더 살아남기 위한 수단이라면 그 길밖에는 없을 것 같기도 했다.

그러나 다음 순간 그동안 잠자코 있던 꽃돼지가 갑자기 출현함으로 말미암아 결국 그날도 울안의 적요는 여지없이 깨져 버리고 말았다. 그동안 한쪽 구석에서 잠이 들었던 그는 짬밥 냄새가 풍기자 이윽고 일어나 주변 동무들의 시선은 아랑곳하지 않고 아기뚱거리며 다가가 밥통에 주둥이를 처박고는 게걸스럽게 쩝쩝거리기 시작했다. 외고집으로 똘똘 뭉친 것 같은 그의 팡파짐한 알궁둥이가 내 실눈 앞에서 튼실하게 흔들거렸다.

나는 할 말을 잊고 말았다. 그에게는 박 노인의 소리나 우리의 통박이 전혀 먹혀들지 않았다. 웬일인지 그는 모두가 두려워하는, 죽음을 조금도 경계하지 않을 뿐만 아니라 구태여 그런 것을 캐어 알려고도 하지 않았다.

"너는 민충이야. 지금이 어떤 판국인데, 목구멍으로 밥이 넘어 가냐?"

"내버려 둬. 그래야 그날 우리가 빠지고 토실토실하게 살찐 꽃돼지가 일착으로 찍히지."

모두가 이구동성으로 들고 일어나 욱대기며 빈정거려도 그는 막무가내였다. 누구처럼 야살 떨 줄도 몰랐다. 오망부릴 줄도 몰랐다. 다만 주위를 향해 한번 발짝 웃고는 다시 걸쌍스럽게 쩝쩝거릴 따름이었다. 그것은 마치 박 노인의 말을 절대복종이라도 하겠다는 듯한 인상이어서 울 안의 모두에게 더욱 밉상을 받기 충분했다.

 며칠이 지났다. 혼례식이 바야흐로 임박한 모양이었다. 울 바깥에서 들려오는, 고샅을 지나는 아낙네들의 말소리를 귀동냥해 들은 바에 의하면 잔치는 곧 닥칠 것 같았다. 그럴수록 울 안은 초상집 같은 분위기로 변해갔다. 꽃돼지를 제외한 돼지들은 며칠씩 굶은 채 지레 죽은 듯 아무렇게나 널브러져 있었다. 날마다 박 노인이 짬밥을 부어주며 달래도 돼지들은 그 길만이 자신의 생명을 연장할 길이라도 되는 것처럼 한사코 군입 한번 다시지 않았다.

 작년 이맘때 일이었다. 해토머리에 유난히도 매운바람이 불던 날이었다. 어머니의 걱정이란 이제 갓 젖 떨어진 한배 자식 일곱을 한데 놓아둔 채 차마 갈 수가 없다는 것이었다. 그러나 어머니의 소망은 그날 여지없이 무너지고 말았다. 박 노인과 더불어 몇 명의 사내가 울 밖에 나타나 어머니를 옴나위없이 몰고 간 것이었다. 어머니는 안간힘을 썼으나 결국 도리가 없었다. 억센 그들의 힘을 어찌 당해낼 수 있었겠는가.

"잘 있어라."

어머니는 꽤엑꽤엑, 울었다. 그것이 내가 본 어머니의 마지막 모습이었다.

죽음의 그림자가 점점 현실로 다가오고 있음에도 불구하고 꽃돼지의 식탐은 그칠 줄을 몰랐다. 누구도 손대지 않아 짬밥이 그대로 남게 되자 이때다 싶은 듯 오히려 더욱 몸집을 늘렸다. 그는 마치 자신이 모두를 위하여 희생양이 되겠다는 투로 순식간에 짬밥 통을 모두 비워버리곤 하였다. 이제는 그를 비난하는 돼지들도 없었다. 시간이 지나면서 울 안에는 오직 꽃돼지만이 돼지 꼴을 유지하고 있었다.

그리고 또 며칠이 지난 뒤였다. 박 노인이 저녁 곁두리를 부어줄 시간이 되었을 무렵, 마침내 우리가 우려하던 그 일이 현실로 다가오고 말았다. 아침부터 고샅길을 통통걸음으로 오가는 아낙네들의 발걸음 소리에서 벌써 심상치 않다는 것을 직감하고는 있었으나 낯선 사내들이 갑작스럽게 출현하자 우리는 모두 혼절할 수밖에 없었다.

그들은 조금도 여유를 주지 않았다. 고개를 주억거리며 야비다리를 치고 있는 박 노인 앞에 그들은 야차처럼 차갑게 서 있었다.

마침내 그들은 울 바깥에서 손가락으로 우리를 찍기 시작하였다. 그런데 웬일일까. 꽃돼지는 물론 예상하던 터였지만 얼룩이와 산적이 찍혔다는 점은 전혀 예상 밖의 일이었다. 그러나 울 바깥으로 나가는 꽃돼지는 그 길이 대체 어떤 길인지도 모르는 것처럼 당당했다. 바보처럼 웃음까지 흘리고 있었다. 버둥거리며 울부짖는 얼룩이와 산적과는 달리 그는 스스로 고분고분 울 바깥으로 따라나서고 있었다.

낯선 사내들은 그런 그의 궁둥이를 작대기로 한번 찔러대며 자기들끼리 속삭이듯 말했다.

"요즘 사람들은 돼지비계를 별로 좋아하지 않아. 그러니까 박 노인이 이 두 놈은 아랫마을 잔칫집으로 돌리고, 이놈은 정말 튼실하게 잘 생겼다고 아예 농장으로 보내서 씨돼지로 삼겠다더군."

"그래, 생각 잘하셨지. 그리고 아무리 밥을 줘도 살찌지 않는 이 나머지 놈들도 내일 아침에 아예 도축장으로 모두 내몰아버리자더군."

"맞아. 그래야 박 노인도 이젠 좀 숨을 돌리지 않겠나. 말이 났으니 말이지만, 그동안 노인네가 짬밥을 실어 오느라고 정말 고생 많이 했잖아."
 그 소리를 듣자 우리 안에 남은 우리는 모두 기절하고 말았다. ✯

출행

 다시는 떠나지 말아야지. 분이는 스물여섯의 입술을 꼭 깨물었다.

 밤바람이 차가웠다. 두 볼이 얼얼하고 콧속이 싸아했다. 그렇지만 분이는 모든 게 훈훈했다. 양손에 든 선물꾸러미까지도 무겁지 않았다. 오히려 마을이 보이면서부터는 뛸 만큼 가볍게 느껴졌고, 마을 밖으로 새어나오는 불빛 모두가 따스하게 다가왔다.

 빈들에 쌓인 눈이 달빛을 받아 인광처럼 번들거렸다. 분이는 고샅을 돌아 나오는 바람을 맞으면서 집안으로 들어섰다. 집안은 무거울 만큼 조용했다. 온다는 기별을 주지 않은 까닭도 있을 터이지만 오빠가 죽은 뒤부터 집안 분위기는 늘 가라앉은 상태였다.

새해 첫날의 햇살은 눈이 부실 만큼 밝았다. 목탄화처럼 윤곽이 뚜렷한 풍경을 바라보면서 분이는 눈을 비볐다.

아버지는 급강하한 기온이 걱정된다면서 새해 첫날인데도 비닐하우스로 서둘러 나갔다. 재작년에 마련한 그곳은 감태산 거북바위 아래쪽에 있는 잼방죽을 끼고 도는 밭에 자리를 잡고 있었다.

오랜만에 집에서 엄마가 차려준 아침밥을 먹은 분이는 괜히 들떠서 가만히 앉아 있을 수가 없었다. 3년 전에 시집간 친구 옥순이가 문득 떠올라 그녀의 집을 찾아 나섰다.

옥순이는 벌써 돌이 지난 사내아이의 어머니가 되어 있었다. 그래서 그럴까. 아무 때나 까르르 웃던 경망스러움도 볼 수 없었다. 아이 엄마 티가 역력하였다.

"또 올라갈 거니?"

"봐서……. 왜?"

옥순이는 분이를 안방으로 데리고 들어갔다.

그녀들은 그곳에서 시간 가는 줄 모르고 그동안 막혀 있던 이야기를 풀어놓았다. 저녁 떡국을 먹을 때까지 떨어질 줄을 몰랐다.

"시집가면 너도 서방 귀한 줄 알게 될 거다. 서방이 귀여워해 주면 이렇게 눈을 스르르 감고 못이기는

척……. 호호호. 그건 시집가보지 못한 여자는 모르는 맛이지."

"시집이 그렇게 좋은 거니? 애 기르랴, 시부모와 남편 모시랴, 정신없이 하루를 보내다가 자리에 누우면 그대로 떨어져 코 고는 게 아니고?"

"앤 정말 아무것도 모르는 숙맥이네! 너도 가봐, 그 맛을 알고 싶으면……."

"그래, 알았다. 그만 자랑해라."

그래, 나도 이번에는 그럴 작정으로 내려온 거다. 분이는 다시 입술을 꼭 깨물었다.

정월의 빛발은 너무 짧았다. 분이는 옥순이를 부러워하며, 그 달덩이같이 훤한 아이를 나도 꼭 가지고 싶다는 마음을 안고 집으로 향했다. 아침과는 달리 돌아오는 발길은 그렇게 가볍지만은 않았다. 잔뜩 목을 숙이고, 막 어둠이 깃들기 시작한 감태산의 산 그림자를 바라보며 비척비척 걸었다. 참새떼들이 분이의 발소리에 놀라 하늘 가득 날아올랐다.

"분이 나이가 벌써 넘쳐가는데, 이번 해는 넘기지 말아야 하지 않겠어요?"

"글쎄 넘기지는 않아야겠는데……."

"아니, 그런 말이 어디 있어요? 용봉마을 이장 댁에서는 이번 봄을 넘기지 말자고 야단인데요."

찬 겨울바람을 맞으며 뜨락에 들어선 분이는 안방에서 들려오는 부모의 대화를 우연히 엿듣게 되었다. 더구나 분이 신상에 관한 이야기인 탓에 귀를 기울일 수밖에 없었다. 보석이 붙박힌 듯한 겨울하늘의 별들을 올려다보며 분이는 자리를 뜰 줄 몰랐다.

결혼이란 정말 쑥떡처럼 상긋하고, 저기 별빛처럼 반짝거리는 것일까. 이장의 아들이라면……. 분이는 찬바람도 아랑곳없이 갑자기 얼굴이 달아올랐다.

그의 얼굴이 보름달처럼 떠올랐다. 그것은 몇 년 전 읍내에서 지나다가 잠시 마주쳤던 그가 인사말을 건넬 때 웃던 얼굴이었다. 거무스레한 피부와 시원한 눈동자, 흰 치아가 가지런히 내보이던 것까지, 하나도 빠지지 않고 떠올랐다.

그가 우송한 편지를 분이는 공장 기숙사에서 작년에도 몇 번 받았다. 그러나 분이는 쑥스러운 마음이 들어 답장을 한 번도 해주지 못했다.

"그 집에서는 이참에 꼭 성혼시키자고 하는데……. 이 마을에서 그만한 인물을 찾을 수 없다는 건 영감도 잘 알지 않수?"

잠시 침묵이 흘렀다. 아버지의 긴 한숨 소리가 봉창 낡은 문풍지를 흔들 듯 쏟아졌다.

분이는 귀를 바짝 세웠다. 가슴이 조마조마했다. 목

이 말랐다. 그것은 아버지의 다음 말이 궁금했기 때문이었다. 어머니의 말소리가 다시 들렸다.

"저도 이번엔 그럴 맘으로 아주 내려온 모양이던데……."

"그 집은 그래도 예부터 뼈대가 있는 집안인데, 우리 살림에 무엇으로 예물을 싸서 보내겠나. 그래도 분이 년이 매달 보낸 걸로 전답 사들여 이만큼 일궜지만 모아 놓을 만큼 소득이 있었어야지. 이런 일이 생길 줄 알았으면 그까짓 전답 사지 말걸……."

아버지가 담뱃불을 붙이는 모양이었다. 봉창이 순간 환해졌다가 다시 어두워졌다. 이번에는 어머니의 한숨 소리가 밖으로 흘러나왔다.

"다른 친구들은 모두 벌써 시집가서 아이 낳고 행복하게 살드구면. 우리 잘 살자고 다 큰 애를 대처로만 내둘렀으니……. 자기도 무척이나 부러워하는 눈치던데."

분이는 순간 자신도 모르게 눈물이 왈칵 쏟아졌다. 이럴 때는 시들시들 앓다가 세상을 떠난 오빠까지가 원망스러웠다. 늙어가는 부모가 불쌍하게 느껴졌다. 하늘에는 어느새 구름이 놀려온 듯 별빛이 보이지 않았다.

새벽 공기는 더욱 매서웠다. 그러나 분이의 발걸음은 올처럼 가벼웠다. 6년도 보냈는데 그까짓 1년을 못 보낼까. 열심히 박음질하다 보면 후딱 지나갈 텐데, 뭘. 분이의 머릿속에는 벌써 사그르르르, 회전하는 미싱 머리가 그려졌다. 붙잡지도 못하면서 안스러워할 부모 얼굴을 대하기가 면구스러워 몰래 빠져나온 분이는 첫차를 놓칠세라 종종걸음을 쳤다.

아침에는 깜짝 놀라시겠지, 그렇지만 편지를 발견하고는 안심하실 거야. 그리고는 대견해하실 테지. 그다음은 눈으로 본 듯 훤했다. 외양간부터 지어놓고 좋은 소를 고르기 위해 우시장을 기웃거릴 아버지. 이장 집을 찾아가 내 자랑을 늘어놓으며 1년만 기다려달라고 조를 어머니……. 큰길로 접어들자 분이는 자주 뒤를 돌아보았다. 그에게 늦었으나 답장을 해줘야겠다고 생각하자 가슴이 콩콩 뛰었다.

정겨운 마을은 어느새 잠에서 깨어난 듯 굴뚝마다 연기가 피어오르고 있었다. 그 뒤로 보이는 감태산의 봉우리가 이제 막 어둠의 허물을 벗고 있었다. ✸

어느 날, 하루

　새벽부터 아내가 부산을 떨고 있다. 관절염 때문에 저녁마다 아프다고 울상을 지으면서도 엄살 한 번 떨지 않고 오히려 신바람 난 듯 재게 움직인다. 벌써 거실 바닥에 펼쳐놓은 신문지 위의 큰 프라이팬에서는 고추전과 동그랑땡이 기름 냄새를 풍기고 있다. 어디 그뿐인가. 조리대에 올려놓은 큰 냄비에서는 소고기의 텁텁하고 들큼한 냄새가 진동하고 있다. 늦잠을 즐기던 내가 냄새 때문에 깨어나 헛기침을 몇 번 터트렸으나 아내는 거들떠보지 않은 채 이번엔 양재기에 손을 넣고 당면을 열심히 주무르고 있다. 잡채를 만드는 모양이다. 그 옆에는 벌써 완성된 녹두빈대떡과 대구전, 너비아니가 스무나무 개 소쿠리에 담겨 있다.

　그것에게 자리를 빼앗긴 나는 어쩔 수 없이 거실 한

쪽 귀퉁이에 있는 동그란 의자에 엉덩이를 걸치면서 아내에게 볼멘소리를 한마디 던진다.
 "뭐야, 아침부터. 동네에 소문내려고 아주 작정했어?"
 "그런데 저 양반이?"
 아내가 눈을 모로 뜨고 나를 올려다보며 혀끝을 찬다.
 "나이가 팔십 가깝더니 이젠 날짜 가는 것도 까먹었어요?"
 나는 대꾸를 미룬 채 창밖으로 시선을 돌린다. 내가 왜 몰라. 아비라는 작자가 하나밖에 없는 딸의 마흔다섯 번째 생일을 모른다면 그게 어디 말이나 돼? 더구나 어제 아침 통화하는 내용까지 죄다 엿들었는데……. 그러나 여전히 못마땅한 나는 하품을 몇 번 터트리다가 혼자 놀고 있는 리모컨을 슬그머니 집어 든다. 그러나 티브이 채널도 맘에 차지 않기는 마찬가지이다. 골프 아니면 야구, 그것도 아니면 당구가 전부이다. 젠장 맞을…….

 어제 아침 딸은 분명히 아내에게 윌리엄을 데리고 사위랑 같이 올 거라고 했다. 조금 일찍 퇴근해서 갈 테니까 '전통음식으로 한 상 차려놔'가 통화의 요지였다. 그 전화를 받은 아내는 딸의 지시대로 마트에서 어제

식자재를 양손에 잔뜩 사 들고 낑낑거리며 들어왔다.

  나는 다시 아내를 돌아본다. 부침개를 부치기 위해 쪼그리고 앉은 아내는 이따금 다리가 아픈지 노는 손으로 무릎을 두들긴다. 그 모습이 안쓰럽다가도 한편으로는 부아가 치밀어 오른다. 요즘 세상에 누가 집에서 생일을 차리는가. 예약하고 나가서 먹든지, 아니면 배달시켜 먹는 게 대세 아닌가.

  "몇 시에 온다고 했어?"

  "여덟 시는 되어야 한대요. 생일이라도 학원 문은 열어야 하니까."

  잡채를 다 버무린 아내가 이번엔 간을 봐 달라고 잡채 몇 가락을 집어 불쑥, 내민다. 나는 그것을 입으로 받으며 머리를 끄덕거린다.

  "됐네, 뭐. 이 정도면."

  미끈거리는 당면을 목구멍으로 넘긴 나는 문득 사위가 처음 인사 온 날, 그것을 개감스레 먹던 기억을 떠올리고는 쓴웃음을 짓는다.

  "간 맞아요?"

  "맞는다니까."

  나는 퉁명스럽게 대꾸하고 창밖으로 시선을 돌린다. 어느새 키가 자라 5층 아파트까지 올라온 왕벚나무 우듬지가 바람에 살랑거리고 있다.

"나이가 들면 몸만 늙지, 왜 혀까지 늙는지 모르겠어요."

아내가 식탁으로 향하면서 중얼거린다. 이번엔 나물을 무칠 모양이다. 거기엔 삶은 시금치와 고사리, 도라지가 양푼 가득 소담스레 담겨 있다.

"아직 멀었어?"

"다 되어 가요. 왜요, 배고파요?"

아내가 나를 돌아다본다. 대꾸를 미룬 나는 다시 리모컨을 만지작거린다. 그래서 그럴까, 배가 고픈 것도 같다. 잠시 뒤, 냉장고에서 생수를 꺼내어 한 모금 마신 내가 아내에게 묻는다.

"윌리엄이 다녀간 지 얼마나 되었지?"

갑작스러운 질문에 머릿속으로 잠시 셈을 하는 듯 머뭇거리던 아내는 내가 잼처 묻자 겨우, 석 달인가, 넉 달인가, 하고 대꾸한다. 하지만 어물거리는 게 그것도 확실하지는 않은 얼굴이다.

"그렇다면 그 아이들 손님이구먼, 그것도 아주 가끔 찾아오는 단골손님……."

그러자 아내는 그 말엔 동의할 수 없다는 듯 눈을 동그랗게 뜬다.

"그게 무슨 말이에요, 손님이라니……. 개들이 들으면 얼마나 섭섭하겠어요?"

"그럼, 손님이 아니면 뭐야?"

"세상이 그런 걸 어떡해요? 모두 살기 바쁘잖아요. 그래도 잊지 않고 있다는 걸 고맙게 생각해야지요. 걔나 아니면 우리 같은 늙은이 둘이 사는 집 누가 쳐다보기나 할 줄 아세요?"

목소리가 높아진 아내가 들기름을 치고, 깨를 쏟던 손길을 멈추고 나를 건너다보며 다시 말을 잇는다.

"그럼 윌리엄도 손님이에요?"

"그건, 아니지."

나는 머리를 세게 흔든다.

"거봐요. 누가 뭐라도 그 아이는 우리 손자잖아요."

나는 잠시 윌리엄을 떠올린다. 머리칼이 노랗고, 눈동자가 파란 게 보기엔 천상 외국인이지만 그 아이는 내 외손자가 분명하다. 말은 하지 않으나 아내가 이렇듯 애써 음식을 장만하는 것도 따지고 보면 딸도 딸이고, 사위도 사위지만, 머잖아 외국으로 떠날 예정인 윌리엄에게 전통음식 맛을 익혀주기 위해서라는 것을 내가 왜 모를까.

나는 한숨을 길게 토해낸다. 그 아이가 가고 나면 더 허전할 텐데……. 더구나 다시 볼 때까지 내가 살아나 있을까. 나는 머리를 설레설레 흔든다. 하품을 길게 빼어 물며 리모컨을 만지작거리는 나를 보고 아내가 한

마디 쏟아붙인다.

"그렇게 청승맞게 앉아서 아낙군수처럼 잔소리 늘어놓지 말고, 날도 좋은데 공원이라도 한 바퀴 휘, 돌고 와요."

"싫어. 귀찮아."

아내가 입을 비죽이 내밀고 눈을 흘겼으나 나는 꼼짝하지 않는다.

점심 무렵이 넘어서자 이윽고 음식 준비가 끝난 듯 아내가 허리를 펴고 한 차례 신음을 뱉어낸다. 그러나 일이 아주 끝난 게 아니란 것쯤 이제는 나도 안다. 아니나 다를까. 곧이어 아내가 그것들을 담을 쟁첩을 모두 끄집어내어 씻기 시작한다. 그것을 보자 나는 비로소 내가 할 일을 찾았다는 듯 느린 걸음으로 베란다에 나가 있던 두레상 두 개를 꺼내와 거실에 펼친다.

짧은 해가 떨어지자 바깥은 어느새 어둠이 깃들었다. 그러나 오겠다고 약속한 딸네 가족은 시간이 지나도 좀체 모습을 드러내지 않는다. 왜, 아직 오지 않을까, 아내가 초조한 듯 바깥을 연신 내다보면서 혀끝을 찬다. 나는 티브이에서 눈을 떼지 않는다. 티브이에서는 그날도 목소리 큰 앵커가 우크라이나 전쟁 상황이 보도되고 있었다.

슬픈 죽음

 이른 아침부터 단지에 비상이 걸렸다. 긴급 비상망을 통해 연락받은 직원들은 일찍 출근해 있었다. 그들의 굳은 얼굴이 사태의 심각성을 나타내고 있었다.

 비상이 걸린 이유는 단 하나였다. '다'동 501호에 살던 허진균 씨가 어젯밤 늦게 주검으로 발견되었기 때문이다.

 "뭐야, 사람이 그렇게 죽어 있는데도 그걸 여태 모르고 있었다는 거야?"

 "글쎄, 그렇다니까."

 "그럼 또 당분간 뒤숭숭하게 생겼구먼."

 쉬쉬했으나 소문은 한낮이 넘어가기 전에 금세 단지 안으로 퍼져나갔다. 하지만 사람들의 관심은 이웃에 살던 독거노인이 외롭게 죽었다는 데 꼭 있는 것 같지는 않았다. 그보다는 죽은 노인과 더불어 한 단지 안에서 며칠 동안 살았다는 게 몸서리쳐진다는 것과 혹시라도 그런 소문이 퍼지면 가뜩이나 바닥인 아파트 시세가 더 떨어지지 않겠는가, 전전긍긍하는 모습들이었다.

내가 출근했을 때는 벌써 시체를 병원으로 옮긴 뒤였다. 그의 죽음을 처음 발견한 쌀집 장씨는 쌀을 배달하러 갔다가 우연히 알게 되었다면서 덩치에 어울리지 않게 진저리를 쳤다. 하긴, 죽은 지 몇 날이 되었는지도 확실치 않은 시체가 온전할 리는 없지 않은가.

그는 두서없이 중얼거렸다.

"고인의 아드님이 두 달마다 십 킬로그램짜리 쌀 한 포대씩 배달해 주라고 했거든요. 근데, 어제는 아무리 벨을 눌러도 대구가 없는 거예요. 그동안은 날짜가 되면 할아버지도 나를 은근히 기다리는 눈치였는데……. 그래서 처음엔 어디 외출이라도 하셨는가 했어요. 왜, 평소에도 그 할아버지가 공원 같은 델 잘 가시잖아요. 그래서 그냥 가게로 돌아왔지요. 근데 아무래도 기분이 영 이상한 거 있죠? 집 안에서 나오는 고약한 냄새를 맡은 것 같기도 하고……. 그래서 관리실에 연락해서 문을 따고 들어가 보니까, 글쎄……."

다시는 떠올리기 싫다는 듯 그는 머리를 절레절레 흔

들었다.

 고인이 된 허진균 씨는 나도 잘 아는 노인이었다. 팔순이 넘은 연세에도 불구하고 그는 집안에 칩거하기를 싫어했다. 운동 삼아 단지를 자주 걸어 다녔고, 또 한낮에는 공원에 나앉아 지나치는 행인들과 인사를 주고받으며 소일하기를 즐겼다. 그런 까닭에 작고 비쩍 마른 몸피가 얼핏 보면 미라를 연상케 하였으나 나는 그가 그렇듯 쉽게 눈을 감을 줄은 상상도 하지 못했다. 하긴, 사람의 목숨이 어디 예정되어 있는가. 나이의 순서도, 지위의 고하도, 항렬도 무시되는 게 죽음이란 것 아닌가.

 그는 입만 열면 아들과 손자를 자랑했다. 손자를 본 적은 없지만 모 회사의 생산직 책임자로 가족과 함께 지방에 근무한다는 아들은 나도 한두 번 본 적이 있었다. 그는 노인과 달리 약간 뚱뚱하고 머리가 벗겨진 사내였다.

 노인은 늘 외로워 보였다. 그래서 언젠가 한 번 내가 왜 아들네와 합치지 않느냐고 물어본 적이 있었다. 그러나 무엇 때문인지는 몰라도 노인이 대꾸하기 거북해하는 것 같아 그 뒤로는 다시 묻지 않았다.

 그러나 생활비만큼은 아들이 꼬박꼬박 부쳐주는 모

양으로 이따금 소주잔도 기울이는 것을 보면 다른 독거노인들처럼 쪼들리는 것 같지는 않았다. 그래서 그럴까. 주민행정센터에서도 다른 지원은 하지 않고 있었다. 오다가다 만나면 노인은 가끔 지나가는 말투로 이렇게 말하곤 하였다.

"사람은 그저 밉든 곱든 체온을 느끼면서 함께 살아야 해. 그래야 사는 맛이 나지."

사망원인은 심장마비라고 했다. 경찰서와 구청에서 나온 관계자들도 그 말에는 동의하는 듯 이의를 제기하지 않았다.

소식을 듣고 급히 달려온 아들은 빈소를 병원 장례식장에 마련했다. 장례식장은 노인이 구급차에 실려 온 그 병원 지하에 있었다.

사람들은 대부분 노인의 죽음을 두고 편안히 간 거라면서 그것도 복이라고 했다. 몇 년 동안 똥 싸 뭉개며 고생고생하다가 죽는 노인들도 많은데 깨끗이 갔다는 것이었다. 더구나 향년 여든둘이라면 호상 아니냐는 거였다.

다음 날, 관리소장과 나는 빈소를 찾았다. 한낮 때문인지 문상객들은 거의 없었다. 소식을 듣고 찧고 까불던 단지 사람들 모습도 보이지 않았다. 향냄새가 매케

한 복도에는 몇 개의 조화만이 도열하듯 을씨년스럽게 서 있었다.

조문을 마치자 아들이 나를 맞았다. 그런데 이상스러운 것은 나를 맞는 상주가 아들 혼자라는 것이었다. 그 어디에도 노인이 자랑하던 손자나 며느리는 보이지 않았다.

"애통하시겠습니다, 졸지에……."

"……."

아들은 대꾸하지 않았다.

두리번거리던 나는 결국 궁금증을 참지 못하고 물었다.

"그런데 어째 고인의 손자가 보이지 않네요? 고인이 평소에 그렇게 자랑을 많이 하셨는데……."

내 물음에 아들은 잠시 머무적거렸다. 그러나 그는 곧 서슴없이 입을 열었다.

"예에, 입시생이어서요. 더구나 지금이 기말고사 기간이어서 제가 오지 말라고 했습니다. 내신이 중요하니까요. 아내도 마찬가지입니다. 어쨌든 지금은 그 녀석 곁에 바짝 붙어 있는 게 더 먼저라서요."

아들은 그게 당연하다는 투였다.

고 허진균 씨의 장례는 화장한 뒤 분향소에 유해를 안치하는 것으로 모두 끝났다. 그것을 바라보면서 나는 문득 살고 죽는 것의 경계가 그처럼 간단하다는 것을 절감하지 않을 수 없었다. 장례 동안 아들은 자신 말처럼 혼자서 상주의 역할을 모두 감당하였으며 절차도 주관하였다. 몇 명의 나이 든 친척들이 먼 곳에서 찾아온 것 같았으나 특별히 토를 다는 사람은 없었다.

허진균 씨가 그렇게 떠나간 뒤 얼마 지나지 않아 '다'동 501호에는 새 주인이 입주했다. 이번 주인은 신도시에서 퓨전식당을 운영한다는 중년 부부였다. 그들은 그가 몇 달 전 죽었다는 것에는 신경도 쓰지 않는 듯했다. 실제로 입이 싼 몇 명의 이웃들이 그 사실을 소상히 알려준 모양이었으나 그들은 한 귀로 흘리는 것 같았다. 두 사람은 다만 주변 시세보다 조금 싸다는 것에 방점을 찍은 듯했다.

아들의 모습은 그 뒤 다시 볼 수 없었다. 주민들은 고 허진균 씨의 사망 소문이 가라앉자 비로소 가슴을 쓸어내리는 모습이었다. ✽

앞이 캄캄합니다

옛날 옛적 이야기입니다.

한반도의 어느 외딴 고을에 같은 또래의 세 사람이 살고 있었습니다.

그들은 모두가 소문이 자자한 청년들이었습니다. 한 사람은 힘이 장사인 정씨였고, 또 한 사람은 언변이 좋기로 동네방네에서 유명한 최씨였으며, 다른 한 사람은 일 년 열두 달 농사에 열성을 다하는 허씨라는 성을 가진 사람이었습니다. 어렸을 적부터 함께 자란 그들은 서로 아끼는 동무 사이였습니다.

복사꽃이 한창 흐드러지게 핀 어느 날, 세 사람은 우연히 한자리에 모이게 되었습니다. 서로 추구하는 것이 달랐기 때문에 그것은 정말 어쩌다가 한 번씩 이루어지는 소중한 자리였습니다.

즐겁게 이야기를 나누던 중 정씨가 느닷없이 이렇게 입을 열었습니다.

"나는 곧 이곳을 떠나겠네. 대처로 나가서 내 힘을 밑천 삼아서 명예를 얻고 싶네. 한 손아귀에 온 고을을 쥐고 흔들 수 있는 명예란 정말 좋은 것 아니겠는가."

그러자 이번에는 최씨가 뒤질세라 자신의 포부를 꺼내 놓았습니다.

"자네도 그럴 생각인가. 나도 얼마 전부터 그런 생각을 했네. 대처로 나간 다음, 나는 입을 열심히 놀려 장사할 생각일세. 그래서 세상의 황금이란 황금은 내 수중에 모조리 긁어모을 작정이네."

두 사람은 마침내 의견일치를 보았다는 투로 자못 심각하게 고개까지 끄덕였습니다. 그리고는 동시에 옆에 쭈그리고 앉아있는 허씨를 돌아보았습니다.

그러나 허씨는 대꾸할 말이 없었습니다. 그는 그들 같은 재주도 없을 뿐 아니라, 이곳을 떠나서는 도저히 살 수 없을 것 같았기 때문입니다. 그가 가진 것이라고는 다랑논과 모랫논, 남새밭과 따비밭이 전부였지만 그는 그래도 이곳이 좋았습니다.

"자네는 어떻게 할 작정인가."

두 사람이 채근하자 그는 마지못해 그들에게 솔직히 털어놓았습니다.

"나는 자네들과 같은 재주가 없네. 자네들도 알다시피 내가 가진 재주라고는 논밭 갈아 철 따라 씨 뿌리고, 추수하고, 가축 기르는 재주밖에 더 있는가. 그러니까 나는 이곳에 남겠네. 흙이 거짓말하는가. 이곳에서 열심히 일하며, 자네들이 성공했다는 소문이나 들으면서, 땅마지기를 넓히며 살아가겠네."

"이 조그만 곳에서 그게 될 것 같은가?"

"하늘이 무심치 않다면 될 수도 있지 않겠는가."

"그럼 좋네. 우리 내기하세. 우리 두 사람은 대처에서, 자네는 이곳에서 삼 년 동안 열심히 일하는 걸세. 그래서 어느 날 한 시에 세 사람이 다시 이곳에 모이는 걸세. 그때가 되면 과연 누가 성공했는지 드러나지 않겠나."

"좋으이."

"나도 찬성일세."

허씨는 어쩔 수 없이 고개를 끄덕였습니다. 그래서 세 사람은 곧장 그 자리에서 하늘을 걸고 굳게 약속했습니다.

복사꽃이 떨어질 무렵, 이윽고 허씨와 이별하고 정씨와 최씨는 대처로 떠났습니다. 허씨는 동구 밖 고개턱까지 나가서 그들을 전송하고 돌아왔습니다. 그는 두 사람의 동무들이 모두 착하니까 잘 될 거라고 굳게 믿고 있었습니다.

 허씨가 생각하기에도 두 사람은 정말 착한 성품을 지닌 동무들이었습니다. 더구나 이 고을에 머물기에는 너무 아까운 재주를 가지고 있었습니다.

 최씨의 언변은 청산유수 같아서 한번 그가 입을 열면 그게 설혹 팥으로 메주를 쑨다고 할지라도 사람들이 모두 믿을 지경이었습니다. 그의 말 한마디에 울던 아낙네가 그만 웃음보를 터트리고 말았다는 일화 따위는 고을 안에 비일비재했습니다.

 또 정씨의 힘이란 항우장사같이 엄청난 것이어서 이미 먼 이웃 고을까지 소문이 나 있을 정도였습니다. 그는 방퉁으로도 능히 노루를 쏘아 잡았으며, 어찌나 날랜지 둠벙에서도 더듬이로 눈 깜짝할 사이에 커다란 잉어와 메기를 수십 마리씩 잡아내곤 했습니다. 그뿐이 아니라 그는 씨름의 기술도 뛰어났습니다. 배지기, 되치기, 등지기, 메치기, 밖다리걸이, 안걸이, 잡치기……. 그는 씨름판에서도 독판을 쳤습니다.

 더 열심히 일해야겠군. 허씨는 다시 한번 마음속으로 다짐했습니다. 이제부터 그는 남들보다 더더욱 열심히 일할 각오였습니다.

 앞에서도 잠시 이야기했지만 허씨의 재산이란 형편없는 것이었습니다. 고래실같이 번듯한 것은 하나도 없었습니다. 다랑논과 모랫논도 천둥지기였으며, 남새밭과 따비밭도 자갈투성이였습니다.

하지만 그는 열심히 일했습니다. 정말 황소처럼 열심히 일했습니다. 다른 사람들이 부쳐 먹다가 버리고 간 묵정밭도 다시 일구었고, 또 산에 불을 지르고 부대기도 일구었습니다. 갈이질과 써레질도 게을리하지 않았습니다. 사축으로 받은 자드락밭도 감지덕지했으며, 배냇소를 받아서 어느새 송아지가 두 마리나 되었습니다. 그는 아침 해가 뜨기 전에 일터에 나와 해가 넘어간 후에야 잠자리에 들곤 하였습니다. 허리를 펼 날이 없을 정도였습니다. 힘이 들었습니다. 그러나 그럴 적마다 그는 타지에서 고생하고 있을 동무들을 생각하곤 했습니다. 그들보다는 자신의 처지가 그래도 나을 거라고 위안 삼았습니다.

한 해가 지났습니다.

허씨의 생활 형편은 조금 나아졌습니다. 그러나 하늘이 하는 일을 어찌 알겠습니까. 그해에는 가뭄이 들었습니다. 비가 내려도 먼지잼 정도였습니다. 천둥지기인 논은 거북등처럼 갈라지고 말았습니다. 고창모도 제대로 자라지 못해 검불처럼 변했습니다. 그러나 그는 됨 새가 이미 틀려 버린 줄 번연히 알면서도 열심히 일했습니다. 그것밖에 할 줄 모르는 그는 그것을 위해 비지땀을 흘렸습니다. 덕분에 송아지가 튼실한 어미 소로 자라났습니다.

또 한 해가 지났습니다.

비황저곡(備荒貯穀)으로 겨우 아사(餓死)를 면한 그는 겨울이 지나자 다시 일어섰습니다. 생활 형편은 말이 아닐 정도로 궁핍해졌습니다. 그러나 그는 하루에 한 끼는 굶고, 한 끼는 건너뛸 적에도 동무들을 생각했습니다. 고개턱을 바라보며 그들이 혹시 굶지나 않을까 걱정했습니다.

하지만 하늘의 뜻은 정말 알 수 없었습니다. 그해에는 또 난데없이 가을 홍수가 들었습니다. 그나마 가지고 있던 다랑논과 모랫논은 산사태로 말미암아 졸지에 자갈밭으로 변해버렸습니다. 가을걷이도 하지 못한 남새밭은 아예 흙더미에 묻혀 흔적조차 없어졌습니다. 어디 그뿐입니까. 개울의 범람으로 겨우 몸통이나 가리던 오두막까지 잃어버렸습니다. 그 와중에 어미 소도 어디론가 떠내려가고 말았습니다.

그러나 허씨는 조금도 절망하지 않았습니다. 그는 농기구를 다시 챙겨 들었습니다. 자신이 죽지 않고 살았다는 것만을 천만다행으로 여겼습니다. 내 동무들은 이번 홍수 속에서도 목숨이나 부지했을까, 그는 오히려 그게 걱정이었습니다.

 마침내 약조했던 마지막 한 해도 저물고 다시 복사꽃 피는 봄이 찾아왔습니다.
 허씨는 봄이 오자 몸과 마음이 바빠졌습니다. 남새밭, 따비밭, 모랫논, 다랑논을 그는 삼 년 전과 변함없이 다시 일구어 놓았습니다.
 그러나 이번에는 또 다른 일이 터지고 말았습니다. 그것은 공출미를 내지 않는다는 핑계로 고을 원님이 난데없이 그를 잡아다가 장매를 오십 대 때린 것이었습니다. 새로 부임한 원님은 무사 출신이었습니다. 그는 무지막지한 쇠고집을 부렸습니다. 가뭄과 홍수 탓으로 공출미 낼 게 무어 있느냐고 극구 변명했으나 그는 막무가내였습니다. 결국 그는 엉덩이 살이 찢어지도록 맞고 나서야 풀려났습니다.
 이윽고 그날이 되었습니다. 동이 트자 최씨가 먼저 부리나케 고갯턱을 넘어왔습니다. 한데, 그의 몰골은 첫눈에도 그전보다 훨씬 못해 보였습니다. 그는 곰배팔이가 되어 돌아온 것이었습니다.
 "어쩐 일인가?"
 장독이 아직 풀리지 않은 허씨는 앉은 채 걱정스레 물었습니다.

"말도 말게. 대처에 나가서 처음에는 많은 황금을 거둬들였지. 아무 물건이나 싸잡아서 내가 입을 한번 뻥끗, 하면 사람들이 와글와글 모여들어 황금을 내놓고 바꿔 가는 거야."

"그런데 어째서 황금은 하나도 없나. 어디다 몰래 숨겨 놓고 왔나?"

"아닐세, 내가 황금을 많이 모은 줄 알더니만, 어느 날 원님이 조세라는 명목으로 모두 빼앗아 갔네. 이렇게 목숨만을 겨우 살려주고 말이야……."

"아니, 그게 무슨 말인가. 대처의 원님도 그렇게 몰상식한가?"

"물론이지. 물론이고말고……."

후유, 성한 오른편 두루마기 자락으로 눈물을 훔치며 최씨는 한숨을 길게 토해내었습니다. 그런 다음 그는 다시 말문을 열지 않았습니다.

정씨가 나타난 것은 해거름이 되었을 무렵이었습니다. 하지만 그는 최씨와는 딴판이었습니다. 그는 많은 식솔을 거느리고 마상에 우뚝 앉아서 의기양양하게 돌아왔습니다. 그야말로 금의환향이었던 것입니다.

"이 사람들아. 나를 보게. 나는 정말 뜻을 이루었네. 자네들과 내기에서 이겼단 말일세."

그는 도착하자마자 동무들한테 당당하게 외쳤습니다.

그러나 동무들은 정씨가 삼 년 전과 많이 달라진 것을 금세 느낄 수가 있었습니다. 그것은 비단 좀 더 단단해진 그의 몸통과 살기 띤 눈초리 같은 외모뿐만이 아니었습니다. 착하고 순박하던 마음씨가 어느새 모질고 그악스러워졌음을 눈치챘던 것입니다.

정씨는 동무들을 위해 잔치를 베풀었습니다. 그리고는 동무들이 묻지 않는데도 자신의 성공담을 자랑삼아 늘어놓기 시작하였습니다.

"내가 무엇을 해서 성공했는지 알고 싶지 않나? 대처에 나간 나는 곧바로 원님의 눈에 들어 포교가 되었지. 포교란 본디 원님의 말씀을 잘 듣지 않는 백성들을 잡아다가 마구 때리는 게 본업이야. 그래서 나는 다른 포교한테 질세라 백성들을 마구 잡아다가 힘껏 때렸지. 자네들도 알겠지만, 힘이야 누가 나를 당하겠는가. 그래서 나는 많은 공적을 쌓았네. 결국 원님의 눈에 들어 지금은 이쯤 되었네."

"무고한 양민과 학동들도 잡아다가 때렸나? 옥에 가두고?"

"물론이지."

"혹시 자네의 매질에 죽은 학동이나 다친 양민은 없

었나?"

"왜 없었겠나. 매에는 장사가 없더구먼, 때리고, 옥에 처넣고, 또 때리고, 다시 옥에 처넣고, 하다 보니까 더러 죽는 놈들도 있었지……. 그러나 어찌겠는가. 출세 가도에 그쯤의 희생이란 따라오게 마련 아니겠는가."

으하하하……. 정씨는 통쾌하다는 투로 산골짜기가 울릴 만큼 크게 함박웃음을 터뜨렸습니다.

하지만 웬일인지 허씨는 그가 큰소리로 웃으면 웃을수록 자꾸만 앞이 캄캄해지는 것을 느꼈습니다.

우리들의 나라

 날이 저물자 우리들의 나라는 과수원의 겨울나무들처럼 다시 잠자는 듯 조용해졌다. 이렇다 할 낌새를 전혀 느낄 수 없었다. 이따금 먼 곳에서 자동차의 헤드라이트 불빛과 경적, 행인들의 발소리가 들려올 뿐이었다. 하지만 그때에도 유독 그만이 혼자 일어나 크게 짖어대고 있었고, 다른 것들은 종일 계속된 사역에 기진했는지 입을 굳게 다문 채 벌써 초저녁잠에 빠져버렸거나 한쪽 귀퉁이에 머리를 박고 웅크리고 있었다.
 "죽기 아니면 살기래!"
 "성공할까?"
 "이판사판이지 뭐."
 나는 문득 낮에 나에게 귀띔하던 바둑이를 돌아보았다. 낮에는 자못 흥분하여서 목소리까지 떨리던 그도 역시 코를 골고 있기는 마찬가지였다.

　무슨 일이 일어나기는 일어나야 할 텐데……. 그래서 어서 이 죽음의 땅을 옛날처럼 바꾸어 놓아야 할 텐데……. 사실, 열두 마리나 되는 무리가 과수원 안을 떼거리 지어 몰려다니던 광경은 얼마나 정겹고 활기찬 모습이었는가.

　그것은 오직 우리만의 힘으로 쟁취해야 할 일이었다. 넓디 넓은 과수원 단지의 다른 족속들이 관여할 문제가 아니었다. 그들이 과연 무엇을, 어떻게 도와줄 수 있단 말인가. 주인 내외도 우리들의 문제는 전혀 눈치채지 못하고 있었다. 특히 우리에게 하루에 두 번씩 먹이를 주는 순이까지도 별로 달라진 게 없다고 생각하는 듯했다. 그녀는 오히려 석 달 전만 해도 천방지축 날뛰던 것들이 요즘 들어 갑자기 얌전해진 게 천만다행이다 싶은 모양이었다. 그것은 물론 그가 그들에게 설레발을 치며 눈가림한 탓도 있으나, 그보다는 그들이 우리들의 실상을 그만큼 알려고 하지 않았다는 것이며, 또 알고 있지 못하다는 증거인 셈이었다.

　우리들의 땅이 황량한 들판으로 변해버린 것은 그가 들어온 다음부터 시작된 일이었다. 나는 그 며칠간의 처절했던 싸움을 도무지 뇌리에서 지울 수가 없었다.

그것은 매우 빨리, 은밀하게 진행된 사건이었다.

그날은 바람 때문에 진눈깨비가 종일 빗금으로 떨어지던 석 달 전 어느 초겨울 저녁이었다. 주인어른의 손에 이끌려 과수원의 쪽문을 들어선 그는 첫눈에도 벌써 군사훈련을 잘 받은 무사가 분명해 보였다. 치뜬 눈초리를 짐작하건대 성미도 꽤 사나울 것으로 추측되었다.

길게 빼문 혀 사이로 날카롭게 드러난 송곳니, 덩치와 걸맞게 떡 벌어진 가슴근육, 살기 띤 눈매, 미세한 소리까지도 그냥 흘려버리지 않겠다는 듯이 바짝 세운 직삼각형의 귀……. 더구나 투사의 갑옷처럼 윤기가 흐르는 까만 터럭이 온몸을 감싸고 있는 그는 정말 한 마리의 늑대 같은 위엄이 서려 있었다. 그의 모습을 바라보면서 나는 나도 모르게 전율을 느꼈다. 물론 그도 우리와 다름없는 잡종이며 똥개는 분명했으나, 그는 내가 난생처음 대면하는 강골이었다.

"시방부텀 내레 네 이름을 '장군'으루다가 명명하가서! 알갔디?"

주인어른은 유쾌한 모양이었다. 그러나 그를 본 주인 여자는 대뜸 끝탕이었다.

"뭣 땜에 또 큰 개는 사서 끌고 오세요? 우리 집 형편에는 지금 있는 것만으로도 넘쳐나는데……."

그러나 주인어른은 달랐다.

"기딴 소리 말라우. 자식새끼두 하나 없는 이 커단 과수원에 가이덜이래두 없어 보라우. 어데 쿨쿨해서 살가서!"

주인어른은 그래도 마뜩찮다는 투로 계속 눈을 새초롬하게 뜨고 있는 주인여자의 어깨를 다독거리며 한 차례 너털웃음을 터트렸다. 그 참에도 그는 벌써 주인 내외의 주위를 맴돌며 천연덕스럽게 아첨을 떨어대고 있었다.

하지만 우리는 주인 내외의 대화에 귀를 기울이고 있을 짬이 없었다. 오직 '장군'이라고 이름 붙여진 그를 주시하고 있을 뿐이었다. 심상찮을 그의 거취가 주목거리였다. 그로 인해서 예상되는 불안이 온몸을 떨게 했다.

아니나 다를까. 그는 주인 내외가 안으로 들어가자마자 곧 자신이 다르다는 것을 거침없이 드러내기 시작하였다.

"차려엇!"

그는 어느새 우리들의 대장이나 된 듯이 군대식으로 호령해댔다.

그렇지만 그게 어디 될성싶은 소리인가. 우리는 애초

부터 그런 방식의 훈련을 받아 본 적도 없을 뿐만 아니라 지금까지 자유를 맘껏 구가하며 뛰어놀던 오합지졸, 똥개들이 아닌가. 그런 만큼 우리는 당연히 그의 지시를 무시했다. 무슨 뚱딴지같은 소리냐고 오히려 반발하고 나섰다.

"이 쌍놈의 새끼들!"

그는 마침내 사나운 이빨을 드러내었다. 본때를 보이겠다는 듯 우리에게 포악을 떨어대기 시작하였다. 물고, 뜯고, 차고, 깔아뭉개고……. 그는 암수나 늙고 젊음을 따지지 않았다. 닥치는 대로 물고 뜯고, 걸리는 대로 짓밟았다.

먹새가 센 곰돌이 형은 그의 일격에 맥없이 뒤로 나가떨어졌다. 앙알이 누나와 늘보 형, 왕순이 누나와 도꾸 형, 칠푼이 아저씨와 또순이 아줌마도 모두 그의 한 방에 혼쭐이 난 뒤 꼬리를 감추었다. 우리 가운데에서는 그래도 가장 기골이 장대한 뚝팔이 아저씨만이 겨우 그와 몇 합을 견주며 맞섰을 뿐이었다. 그러나 그도 역시 오래 버티지는 못했다. 늑골이 몇 대 부러진 듯 엎어진 채 숨을 몰아쉬며 일어날 생각조차 하지 못했다. 그가 쓰러진 이상, 이제 우리들의 나라에서는 힘으로 '장군'을 당할 적수는 아무도 없었다. 그것은 정말 한순간에 이루어진 일이었다.

"쓰레기 같은 짜아식들!"

그는 의기양양했다. 그에게 맞아서 오금도 제대로 가누지 못하는 우리를 막무가내로 한 곳에 집합시켰다. 그의 명령에 불복종하는 자는 한 명도 없었다. 갑자기 이게 무슨 일인가, 하면서도 우리는 순순히 그의 명령을 따랐다.

"이제부터 내 말을 듣지 않는 놈은 죽음을 각오해야 할 것이다. 너희도 봤겠지만 나는 강하다. 나는 '한다' 하면 기어코 해내는 성미이니까 모두 그렇게 알도록!"

그는 매일 아침 우리를 모아놓고 일장 연설을 쏟아냈다. 그 연설이란 게 때로는 모두가 잘 살기 위해서는 어떻게 해야 한다는 투의 방법론을 제시하는 적도 있었으나, 대개는 허세가 섞인 자기 과시 일변도였다. 그러니까 힘을 앞세워 주눅 든 우리에게 강다짐을 받아내자는, 수단에 불과한 것이었다.

"젠장 맞을……. 우리를 아주 뜯어고쳐서 군대 만들기로 작정했군, 그래."

"누가 아니래. 우리는 뭐 귀도 눈도 입도 없나, 원. 이웃 과수원에서는 이렇게 아니해도 자기들끼리 오손도손 잘만 살더구먼."

한 달이 지났다.

우리는 차츰 그의 명령에 넌더리를 치기 시작했다. 지정된 자기 밥통 갖기 운동, 잠자리 청결 운동, 들쥐 잡기 운동 등등. 그는 자신이 고안해 낸 틀에 맞추기 위하여 시시콜콜 우리의 자유를 억압하였다. 심지어 그의 구령에 맞추어 우리는 매일 아침 과수원 주위를 별다른 이유도 없이 서른 바퀴씩 헐레벌떡 뛰어야 했다.

"이거 도대체 우리가 무슨 짓거리를 하는지 모르겠네. 이렇게 하지 않았을 때는 우리가 편안하게 살았는데……. 근데, 이게 뭐야. 저 작자가 아주 우릴 다른 나라 종족으로 만들 작정인가 봐."

"글쎄 말이야. 아니, 이런다고 우리의 누런 터럭이 갑자기 하얗게 되거나 검은색으로 변하는 것도 아닐 텐데 말이야."

우리는 모이기만 하면 불만스러운 목소리로 수군거렸다.

내가 보기에도 그것은 그가 우리를 전혀 이해하지 못하고 졸망스럽게 시행한 우책임이 분명하였다. 아니, 아무리 그가 강권을 휘두른다고 하더라도 태생이 똥개인 우리가 세퍼드나 포인터 나라의 백성으로 둔갑할 수 있는 건 아니지 않는가. 아무리 훈련을 시켜도 우리는 그냥 우리일 뿐이었다.

우리의 수군거림이 그의 귀에도 들어간 모양이었다. 며칠 동안 그는 내심 불안한 기색이었다. 그러나 그는 결코 뒤로 물러날 위인이 아니었다. 어느 날 그는 또 다른 술책을 부리기 시작하였다. 우리들의 동태와 흑심을 파악하기 위하여 적당한 미끼를 던져주며 끄나풀인 정보원을 만들어 우리 가운데 심어놓은 것이었다.

　그의 의도는 적중되었다. 며칠이 지나지 않아서 우리 사이에는 이탈자가 생기고 말았다. 이제까지 흉금을 털어놓고 이야기를 나누던 점박이 아저씨와 딱부리 형이 어느새 그의 편에 서서 우리를 밀고하고는 게걸스레 꼬리를 흔들고 있었다. 건수를 올리기 위하여 그들은 마치 경쟁이라도 하듯이 귀를 바짝 치켜세우고 기웃거렸다. 늘보가 어떻고, 칠푼이, 또순이가 어떻고 등등……. 그들은 누가 불만을 조금만 토로해도 곧장 그에게 달려가 일러바치곤 하였다.

　보복은 가차 없이 단행되었다. 재판도 없는 즉결 처형이었다. 경고 따위도 없었다. 본보기를 보여야겠다는 듯이 그는 곧장 닦아세웠다. 차고, 물고 뜯고, 깔아 뭉개고……. 그럴 적마다 불평불만을 터트렸던 자들은 외마디 비명을 지르고 쓰러졌다. 그러나 그것은 약과였다. 딱부리 형이 뚝팔이 아저씨를 걸고 들어왔을 때 비교하면. 그날 그는 아예 뚝팔이 아저씨를 요절내기로 작심한 것 같았다. 송곳니를 사납게 드러낸 채 미친 듯이 날뛰었다. 얼마 가지 못해서 뜯긴 뚝팔이 아저씨의 살점이 사방으로 튕겼다. 터럭을 흠씬 적신 핏물은 흙바닥까지 벌겋게 물들였다. 그러나 그는 결코 아저씨를 놓아주지 않았다. 더욱 매몰차게 물고 흔들었다.

"이놈이 그래도 눈을 치켜 떠!"

그것은 사실이었다. 그렇게 된통 당하면서도 뚝팔이 아저씨의 눈동자는 살아 있었다. 말은 없었으나, 그의 안구는 매가 강하면 강할수록, 살 속을 헤집고 들어온 상대의 송곳니가 뼛속까지 파고들면 들수록 더욱 강렬한 인광을 뿜어내고 있었다. 그것은 그까짓 매 따위에 굴복할 수 없다는 아저씨의 의지인 셈이었다.

그때부터 나는 희망을 품었다. 바둑이도 마찬가지인 모양이었다. 우리는 비로소 우리의 나라를 다시 평화롭게 만들 수 있는 영웅을 찾은 느낌이었다.

또 날이 밝았다. 하지만 우리의 나라는 변함없이 조용했다. 주인 내외가 일찌감치 과수원의 저장고로 올라가고, 순이가 밥통에 먹을 것을 붓는 것도 다른 날과 다름없었다. 부스스 일어난 우리가 또 시작될 그의 연설을 듣기 위해 한곳에 모인 것도 똑같았다.

아, 그러나 그것은 내가 잘못 판단한 것이었다. 그가

연단에서 침까지 튕겨가며 자신을 한참 과시하기 시작했을 때였다. 우리들의 어른들이 갑자기 뒤로 일제히 돌아섰다. 나도 바둑이도 어른들의 행동을 따르지 않을 수 없었다. 그뿐만이 아니었다. 그것을 신호로 삼아서 그들은 똑같은 곡조의 노래를 목청껏 합창하기 시작한 것이었다.

그는 별안간 일어난 이 돌발 사태에 적잖이 당혹해하는 기색이었다.

"이 자식들이 한꺼번에 돌아버렸나, 도대체 이게 뭔 짓거리들이야!"

그러나 그는 역시 절대 권력자다웠다. 자세조차 흔들리지 않았다.

"죽지 못해 환장들 했어?"

우리를 향해 눈을 부라리며 일갈하는 것도 여전했다. 오히려 그의 곁에서 덩달아 우쭐대던 점박이 아저씨와 딱부리 형이 어쩔 줄 몰라 하는 낯빛이었다.

그때였다. 그 앞에 당당히 나선 자는 아직껏 상처투성이인 뚝팔이 아저씨였다.

"똑바로 들으시오. 오늘부터 우린 우리의 권리를 되찾기로 했소. 당신은 당신을 반겨줄 '훈련소'로 가시오. 우리는 이 땅에서 그냥 옛날처럼 똥개답게 살겠소!"

그가 한 마디를 외치자 노랫소리가 더욱 우렁차게 울려 퍼졌다.

"이제 보니까 이 지지리도 못난 똥개 자식이 주동자로구만."

그는 가소롭다는 투로 말했다. 그리고는 당장 본때를 보여주고 말겠다는 듯이 연단에서 뛰어 내려왔다. 그리고는 이빨을 갈아붙인 채 뚝팔이 아저씨를 공격했다. 그러자 잠자코 있던 점박이 아저씨와 딱부리 형도 그를 도왔다. 뚝팔이 아저씨는 또 맥없이 쓰러졌다.

그러나 아니었다. 그때부터 사태는 뒤바뀌었다. 언제부터 결탁하였던 것인지, 우리의 어른들이 모두 함께 일어나 뚝팔이 아저씨를 구하기 위하여 합세한 것이었다. 일은 눈 깜짝할 사이에 크게 벌어져 버렸다. 벌떼처럼 일어선 어른들은 정말 사나운 태풍 같았다. 그들은 이미 똥개가 아니었다. 잘 훈련된 세퍼드보다 더 강한 공격력을 나타내었다.

"돌아가라, 돌아가!"

"우리에게는 왕이 필요 없다!"

"우리는 똥개다!"

우리는 그에게 마구 덤벼들었다. 너와 내가 따로 없었다. 그의 발길에 넘어지고 찢어져도 굴하지 않고 무차별 공격을 감행했다.

점박이 아저씨와 딱부리 형은 벌써 꽁무니를 뒤로 내린 채 한쪽으로 물러나 전전긍긍하고 있었다. 그러나 그는 역시 강했다. 무사가 틀림없었다. 그는 그 절박한 상황에서도 우리 모두를 상대로 물러나지 않고 열심히 싸웠다. 차고, 뛰고, 물고, 피하고, 뜯고……. 하지만 시간이 지나자 그도 많은 숫자를 상대로 하기에는 힘이 드는 모양이었다. 결국 헐떡대기 시작하였다. 그가 몸통을 비틀었지만, 뒷다리를 앙칼지게 물고 있던 또순이 아줌마는 놓지 않았으며, 늘보 형은 질질 끌려가면서도 목덜미를 힘껏 물고 있었다. 도꾸 형과 곰돌이 형도 그의 급소를 찾아 가차 없이 공격했다. 그의 귓바퀴를 물어뜯은 것은 왕순이 누나였고, 항상 새침하던 앙알이 누나는 코쭝배기를 여지없이 할퀴어 놓았다.

마침내 그는 뒤로 밀리기 시작하였다. 밀리면서도 끝끝내 큰소리를 치던 그는 결국 꼬리를 꽁무니에 바짝 말아 감춘 채 '걸음아 날 살려라' 하고 개구멍으로 삼십육계를 놓고 말았다.

그가 사라지자 우리는 만세를 외쳤다. 노래를 불렀다. 그가 도망친 개구멍을 쳐다보면서 과수원이 떠나갈 듯 함성을 질러댔다.

"도망가는 꼴이라니……. 아마 다시는 이 나라에 돌아오지 못할 걸."

"나타나면 우리가 그냥 놔두나! 똥개도 뭉치면 똥개가 아니라구!"

나는 신바람이 났다. 땀에 흠씬 젖은 바둑이도 마냥 싱글벙글거렸다.

그러나 그것은 잠시였다. 왁자한 우리를 제지하며 뚝팔이 아저씨가 새로운 의견을 제시했다.

"여러분, 여러분은 훌륭했습니다. 여러분은 목숨 걸고 싸워서 폭력을 물리친 진정한 똥개들입니다. 이제 우리는 우리의 권리를 되찾았습니다. 달도 차면 기우는 법입니다. 그러나 저는 우리가 똥개답게 그를 용서해주었으면 합니다. 만약 그가 다시 돌아온다면, 그래서 우리와 함께 한식구로 살기를 원한다면, 그를 저버리지 맙시다. 그도 역시 우리와 같은 똥개 아닙니까. 여기 점박이나 딱부리처럼 말입니다."

그의 목소리가 떨렸다.

장내는 다시 숙연해졌다. 그의 말에 반론을 제기하는 어른은 한 명도 없었다. 우리나라에는 겨울 같지 않은 겨울 햇살이 어느새 땅 위에 내려앉아 평화롭게 졸고 있었다. ✱

아, 옛날이여

 세상을 살아가노라면 누구를 막론하고 가슴 속에 몇 가지 추억거리쯤은 간직하게 마련이다. 그렇지만 추억이라고 해서 모두 다 아름다운 것은 아닐 것이다. 때로는 다시 새김질하기 싫을 정도로 후회스러운 것도 있을 수 있다. 그런 면에서 따져본다면 민도식 군이 그날 이후 지금까지 오직 자신만의 비밀로 간직하고 있는 추억의 한 토막도 거기에서 예외는 아닐 터이었다.

 그러니까 4년 전 여름이었다.
 복더위가 한창 기승을 부리던 어느 날, 잠시 한가해진 상점 안에서 무료를 달래기 위해 민 군은 신문을 뒤적거리고 있었다. 해운대 피서 인파 50만 명……. 경포대 20만 명……. 순간 그는 부아가 치밀었다. 책상

머리에 가부좌를 틀고 앉은 채 숨차게 목운동을 계속하고 있는 선풍기의 바람까지 무덥게 느껴졌다.

나라고 못갈까보냐. 그는 어느새 신문에서 본 것처럼, 이가 시릴 만큼 차디찬 동해의 바닷물에 몸뚱이를 담그고 있는 자신을 발견했다. 그리고 잠시 뒤 그는 정말 그 꿈을 이루기 위해 과감하게 도전하기 시작했다.

장벽은 항상 상점을 지키고 있는 아버지가 문제였다. 그는 사흘 동안 조른 끝에 겨우 그 장벽을 넘어설 수 있었다. 휴가 명목으로 사흘간의 말미를 아버지에게서 얻어낸 것이었다. 물론 휴가 뒤에는 어머니가 지금 적극적으로 추진하고 있는 아가씨를 꼭 만나본다는 단서가 붙었지만, 그는 그런 것쯤 금세 뇌리에서 지워버렸다. 자신과 전혀 무관한 일방적인 그것을 그는 대수롭지 않게 여기고 있는 터였다.

목적지를 경포대로 정한 그는 설레는 마음으로 곧장 후배인 박영창 군을 불러내었다. 경비가 조금 더 들 것은 분명하지만 아무래도 방자 같은 그를 데리고 떠나는 게 편리하겠다 싶었기 때문이다.

"아닌 밤중에 홍두깨도 유분수지, 도대체 이게 무슨 일이랍니까?"

"잔소리 말고 따라와."

"하기사 이도령이 말을 타면 방자가 고삐 잡는 거야

당연한 일이지요."

삼복더위에도 불구하고 실직 상태로 줄곧 방구들 신세를 면치 못하던 그는 뜻밖의 제안에 벌린 입을 다물지 못하면서도 짐짓 어정쩡한 표정을 지었다.

민 군은 박 군에게 보란 듯이 바지 주머니를 두들겨 댔다. 두들길 적마다 반으로 접힌 지폐의 부피가 두둑하게 느껴졌다. 그때야 박 군도 안심하는 얼굴이었다.

그들은 곧 강릉행 고속버스에 몸을 실었으며, 출발한 지 4시간이 지나지 않아서 마침내 경포대에 도착했다.

"바다가 좋긴 좋네! 그토록 가라앉지 않던 땀띠가 단 한 방에 사라지네!"

"짜아식, 그러니까 내가 뭐라고 그랬냐. 잘난 선배 뒤를 따르면 복이 저절로 굴러들어온다고 하지 않더냐."

"누가 아니랍니까."

박 군의 아부는 거기서 끝나지 않았다. 이참에 많은 인파 속에서 적당한 형수 감을 골라잡는 것은 어떠냐면서, 바른 말이지만 형만큼 훌륭한 신랑감이 이 세상에 어디 또 있겠느냐면서 너스레를 떨었다. 학벌 좋겠다, 인물 준수하겠다, 집안의 재력도 만만치 않겠다면서⋯⋯.

현대판 이몽룡이라는 데에는 민 군도 웃음을 터트리

지 않을 수가 없었다. 아첨기가 섞인 말이라는 게 분명했으나 듣기에는 기분이 나쁘지 않았다.

그런데 말이 씨가 된다는 옛말은 하나도 그른 말이 아니었다.

길고 긴 여름 해가 저물어갈 무렵, 이윽고 민 군은 보석 같은 한 여자를 찾아내었다. 검정 바탕에 호랑나비 한 마리가 가슴에서 허리께까지 크게 그려진 수영복 속에 균형 잡힌 몸을 감추고 있는 그녀는 먼 데에서 바라보아도 단연 군계일학처럼 돋보였다. 더구나 어깨가 덮일 만큼 머리카락이 길었으며, 콧날 또한 반듯했다. 민 군의 가슴은 갑자기 열기로 차올랐다. 마침내 춘향이를 만난 느낌이었다. 그는 다급하게 박 군을 불러 작전을 지시하기 시작하였다.

"그러니까 저한테 정말 방자가 되어달라는 말씀이군요."

박 군은 걱정하지 말라는 투로 크게 머리를 끄덕거렸다.

그는 그녀를 향해 천천히 접근해갔다. 도대체 무슨 수로 그가 그녀를 데려올 수 있을까. 민 군은 박 군의 뒷모습이 미덥지 않았다. 하지만 잠시 뒤 박 군은 뜻밖에도 대단히 큰 수확을 가지고 의기양양하게 돌아왔다.

그녀의 이름은 장옥화. 서울 D여대 졸업반. 현재 사귀는 사람 없음. 오빠네 가족과 동반 피서 왔음. 따라서 커피 정도라면 내일 오전 잠시 시간을 낼 수 있음…….

"어때요? 이쯤이면 이 방자의 실력도 알아 줄만 하지요?"

박 군은 자랑을 늘어놓으며 크게 웃었다. 저녁 햇살을 받은 그의 흰 치아가 그날따라 물고기 비늘처럼 더욱 신선하게 느껴졌다.

그날 밤 민 군은 잠을 한숨도 이루지 못하였다. 무언가 잘 될 것 같은 예감이 자꾸만 온몸을 들뜨게 했다. 바닷가 파도며, 백사장, 청솔 숲 따위는 이미 안중에도 없었다. 그의 뇌리에는 오직 그녀를 어떻게 내 여자로 만들까 하는 작전 구상뿐이었다. 모잽이로 누워서 밤을 하얗게 밝힌 그는 다음날 박 군과 함께 약속된 찻집으로 나갔다.

테이블을 사이에 두고 마주 본 그녀는 어제와 달리 청초한 느낌까지 들었다. 그는 마치 갓 꽃대를 세운 난초와 대면하고 있는 기분이었다.

"장옥화예요."

그녀의 음성은 맑았다.

이 기회를 놓칠 수 없다 싶었던 민 군은 한참 동안 자신의 자랑을 늘어놓았다. 손바닥을 비비며 사탕발림을 하는 박 군과는 달랐다. 머리를 곧추세우고 점잔을 빼며 거드름을 피웠다. 초면에 너무 촐싹거리면 가볍게 보일 염려가 있어. 일테면 그것은 그가 밤새껏 궁리해 낸 작전 가운데 하나인 셈이었다. 자기가 이래도 오지 않고 배겨……. 결국 그는 그날 그녀를 서울에서 다시 만나기로 약속하고 헤어졌다.

그러나 그는 몽매에도 그리던 그녀를 두 번 다시 서울에서 만날 수 없었다. 그가 그녀를 만난 것은 그 일이 있은 지 2년이 지난 어느 날, 뜻밖에도 박 군의 결혼식장에서였다. 하얀 웨딩드레스를 입은 그녀는 어느새 박 군의 신부로 변해 있었다.

"옥화는요, 이몽룡의 그 알량한 겉모습과 거드름, 배경보다는 방자가 하는 듣기 좋은 아첨을 더 사랑했다고 하더라고요."

박 군의 해명에 벌레 씹은 얼굴이 된 민 군은 대꾸할 말조차 잊은 채 망연자실할 따름이었다. 어떻게 결혼식장을 빠져나왔는지 기억도 나지 않았다. 다만, 박 군이 그의 방자가 아니었다는 것만을 절감하며 한숨을 내쉴 따름이었다.

제길헐, 자기가 무슨 향단이라고……. 결국 지금까지 독신을 고집하고 있는 민도식 군은 그때 그 시절을 회상할 적마다 통곡하며 가슴을 치곤 하였다. �

허상의 하늘

 웃비가 걷힌 기미가 있자 지렁이 왕국의 황제는 또 울력을 채근하기 시작하였다. 고함을 지르며 울릉대는 그의 거대한 모습이 시야에 들어오자 지금까지 구석진 곳에서 개개풀어진 채 볼멘소리나 해대고 있던 무리는 내가 언제 그랬느냐는 듯이 자리를 털고 일어났다. 지룡이도 마찬가지였다. 아침부터 무리 속에 섞여 길게 늘어져 있던 그는 황제의 모습이 드러나자마자 황급히 일어나 일터로 꿈틀꿈틀 향했다.
 "간밤의 빗물에 길이 무너졌으니 빨리 길을 뚫어라."
 황제는 울력의 현장을 한 바퀴 시찰했다. 그의 모습이 비칠 적마다 지룡이는 혼이 뜰 지경이었다. 자신과는 달리 굵고 아름답게 보이는 그의 불그죽죽한 긴 몸통은 언제나 윤기가 흐르고 있었으며, 이따금 섬광 같은 푸른빛까지 감돌아 위엄이 서려 있었다.

 하지만 겉모양과는 달라서 황제가 미욱하고 탄명스럽다는 것을 모르는 무리는 하나도 없었다. 등극한 이후 닥치는 대로 혼찌검 내고 힘을 빼물 줄만 알았지, 무리의 원성 따위에는 귀조차 기울이지 않는 황제였다. 오히려 주적거리는 무리를 발견하면 당장에 잡아들여 불문곡절하고 태질하기가 일쑤였다. 그러므로 숨은 곳에서 무리가 불만을 토로하고 자신들의 신세를 한탄하는 것은 어찌 보면 당연한지도 모를 일이었다.

 "황제는 우리와 씨가 다른 게 틀림없어. 우리 같은 두껍다리 종자가 아니고, 소문으로 듣던 산지렁이가 분명하다니까. 길고 굵은 몸통도 그렇지만 독별 난 성질도 우리와는 다르잖아, 안 그래?"

 "그걸 이제 알았어? 나는 그가 어느 날 갑자기 나타나서 우리에게 자신이 황제라고 별 시답잖은 소리를 지껄일 때부터 의심증이 일었어."

 "그렇다고 이제 어떻게 할 거야? 목숨이나마 부지하려면 입 꾹 닫고 죽은 듯 살아야지."

 일 년 열두 달이 지나도록 햇빛이라고는 단 한 차례도 비치지 않는 땅속이었으나 이곳에 사는 지렁이들의 세계에서도 애환은 끊임없이 이어졌다. 황제에 대한 비판 세력이 팽배했지만, 그렇다고 누구 하나 먼저 앞장서는 지렁이는 없었다. 모두 겁을 먹고 꽁무니 빼기 일쑤였다. 지룡이는 그것이 못내 안타까웠다. 앞장서지 못하고 늘 뒤로 빼곤 하는 무리를 볼 적마다 슬그머니 부아가 치밀어 올랐다. 이건 아닌데, 하면서도 당당하게 나서지 못하는 자신까지 미웠다.

도대체 황제가 무엇인데 모두 그를 무서워하며 쩔쩔매는 것일까. 이 난국을 헤쳐 나갈 묘책은 과연 없는 것일까. 며칠 전 울력에 나갔다가 지쳐 죽은 나이 많은 지렁이를 목격한 뒤부터 지룡이는 줄곧 그 생각뿐이었다.

어느 날이었다. 그는 마침내 그 방법에 대한 가르침을 받기 위하여 이웃 나라에 사는 땅강아지 박사를 몰래 찾아 나서기로 결심하고 여장을 꾸렸다. 물론 모두에게는 비밀이었다.

박사는 마침 집에 있었다. 그는 지룡이를 반갑게 맞아주었다.

"발칫잠을 자더라도 마음이 편하면 코를 곤다는데, 이거야 어디 황제 등쌀에 마음 편히 살 수가 있어야지요, 박사님."

절박한 심정으로 지룡이는 박사의 턱밑까지 바투 다가앉아 읊조렸다.

"박사님은 이곳저곳을 많이 다니셨기 때문에 학문과 지식, 견문이 누구보다도 뛰어나다고 들었습니다."

"아닐세. 나도 아직 민춤한 존재일 따름일세. 세상일을 어찌 다 알 수 있겠는가."

박사는 안타깝다는 듯 턱수염을 한 차례 쓸어내렸다. 지룡이는 다시 읊조리며 그동안 겪은 고초를 풀어놓았다.

"글쎄, 이웃 나라 지렁이들이 폭정에 시달리고 있다는 풍문은 벌써 들어서 알고 있었네만 그렇듯 극심할 줄은 정말 몰랐구먼."

"그러니까 방법을 좀 가르쳐주십시오."

그러나 방법에 대해서는 땅강아지 박사도 쉽사리 입을 열지 않았다. 그렇게 몇 시간이 지나갔다.

"박사님, 방법을 좀……."

가르침을 꼭 받아 가겠다고 먼 길을 나선 지룡이는 초조하고 불안했다. 그에게 매달렸다. 하루가 덧없이 지나갔다. 그래도 지룡이는 물러나지 않고 기다렸다. 이윽고 사흘이 지날 무렵 박사는 마침내 결심한 듯 입을 열기 시작했다.

"방법은 딱 한 가지밖에 없겠군. 힘으로는 도저히 대적이 불가능하니까 여행을 시켜보는 게 최선책일 것 같아."

"여행이요?"

지룡이는 귀가 솔깃했다.

"그래, 여행. 그의 욕망과 탐심을 유혹하고 자극할 수만 있다면 그 방법이 가장 적당할 것 같네. 땅 위의 세상까지도 그가 다스릴 수 있을 거라는 의수를 한 번 던져봐. 반드시 좋은 결과가 있을 걸세."

지룡이는 뛸 듯이 기뻤다. 땅강아지 박사와 헤어진 그는 곧장 지렁이 나라를 향해 잰걸음으로 달려왔다.

그러나 황제가 어디 보통내기인가. 허락 없이 그가 사라졌다는 것을 알게 된 황제는 눈을 부릅뜨고 그의 도착을 기다리고 있었다. 황제가 적용한 죄목은 소위 국가의 허가 없이 마음대로 다른 나라를 밀행한 죄, 다시 말하면 밀항 죄였다. 황제는 형틀을 갖춰놓고 호통을 쳤다.

"어디를 다녀왔느냐. 사실대로 이실직고하여라."

서슬이 퍼런 황제는 이실직고하지 않으면 당장 물고를 낼 기세였다. 그러나 지룡이는 조금도 당황하지 않았다. 오히려 그는 이것이 기회라고 여겼다. 밉살스러운 황제와 마주했다는 것 자체가 싫었으나 그는 박사가 가르쳐준 대로 침착하게 대꾸했다.

"황제께서는 이제 성정을 삭이시고 저의 충언을 좀 들어주십시오. 위대하신 황제께서는 일평생 이처럼 음습하고 어두운 곳의 황제로 계시기에 매우 아까운 분이십니다. 그래서 이번에는 땅 위까지 정복해 보심이 어떨까 하고 제가 잠시 염탐하기 위해 다녀온 것입니다. 물론 아뢰지 않고 다녀온 것은 잘못이오나, 이것이야말로 극비에 속한 것이므로 몰래 다녀온 것이니 황제께서는 부디 노여움을 푸시옵소서."

박사의 방법은 역시 적중했다. 황제는 발라맞추는 지룡이의 알랑방귀에 금세 안색이 풀렸다. 그래서 다녀왔다고? 황제는 욕심이 동한다는 듯 호기심 어린 얼굴로 지룡이의 작전에 음충스럽게 딴죽까지 걸고 들어왔다.

"그래, 그곳이 어떤 곳이던고?"

지룡이는 이때다 싶었다. 그의 궁금증을 풀어주기 위해서 땅강아지 박사한테 들었던 이야기를 사실 이상으로 부풀려 설명했다. 나무, 산, 강, 하늘과 구름……. 그리고 바람과 햇빛까지 그는 마치 자신이 직접 목격한 것처럼 미주알고주알 이야기보따리를 풀어놓았다.

"그거 참 신기한 곳이로구먼. 그렇다면 지금 내가 이렇게 한가히 놀고 있을 때가 아니지 않은가. 어서 빨리 그곳에 가서 왕 노릇을 하여야겠구나."

한참 동안 이야기를 듣고 난 황제는 결국 결심을 굳힌 모양이었다. 그는 곧장 측근의 수하들에게 행장 준비를 명령하였다.

몇몇 무리가 극구 반대하고 나섰지만 이미 땅 위에서 왕이 된 자신을 눈앞에 그리고 있는 그를 막을 자는 아무도 없었다. 황제는 이윽고 문무백관을 불러 별찬을 나누어 먹고, 다음날 환하게 웃으면서 길을 떠났다.

그러나 그것이 황제의 마지막 모습이었다. 그 뒤로 황제를 다시 본 지렁이는 그 나라에서 아무도 없었다. 땅강아지 박사의 전언에 의하면, 땅 위에는 닭이라는 두 발 달린 커다란 새가 있는데, 그것이 얼마나 사납고 무서운 짐승인지 지렁이를 발견하는 즉시 쪼아서 한입에 날름 흠빨아 먹어버린다는 것이었다.

아름다운 사람

 복잡한 전철 안에서도 그 사내가 금방 눈에 띄는 건 아무래도 보통 사람보다 목 하나는 더 큰 키 때문일 것이다. 키 큰 사람치고 싱겁지 않은 사람이 없다는 말은 그 사람을 두고 하는 소리라고 느끼며 지혜는 그를 발견하자 안쪽으로 더욱 깊숙이 들어갔다. 그곳도 발 디딜 틈이 없을 정도로 복잡하기는 마찬가지였으나 그녀는 그 사람과 눈길조차 마주치기 싫었던 탓에 마다하지 않았다.

 "밀지 말아요."

 지혜가 파고들자 선점하고 있던 여자가 눈살을 찌푸리며 신경질적으로 쏘아보았다.

 "밀긴 누가 밀었다고 그래요?"

 지혜는 지지 않고 맞받아치면서 기어코 그 여자 앞에

자리를 잡았다.

 열차는 멈췄다가 달리고, 달리다가는 멈추면서 연신 사람들을 뱉어내고 삼키기를 반복하고 있었다. 사람들에게 밀릴 적마다 그 사람들이 풍기는 이상한 냄새로 인해서 지혜는 숨이 막힐 지경이었다. 그래도 지혜는 그 사내와 떨어져 있다는 것만으로도 다행이라고 여겼다.

 그러나 그건 지혜의 착각이었다. 열차가 막 홍제역을 지날 무렵 그녀는 어느새 곁에 다가와 있는 그 사내를 보고 놀라지 않을 수 없었다. 그의 얼굴을 보자 그녀는 황급히 그를 피해 더 안쪽으로 사람들을 뚫고 도망치듯 들어가면서 자신도 모르게 발을 내려다보았다. 발은 무사했다. 무사하다는 것이 다행이었다.

 철면피 같은 남자. 지혜가 그 사내를 기피 하는 이유는 바로 두 달 전 일어났던 그 사건 때문이다.

 두 달 전 월요일이었다. 그날은 마침 뺑소니차에 목숨을 잃은 아버지의 2주기 추도 예배를 드린 뒷날이었다. 그렇지 않아도 월요일은 가뜩이나 긴장되게 마련이어서 아침부터 온몸이 굳어있기 일쑤인데, 그날은 아버지 생각으로 더 몸이 굳어있었다.

 2년이 지났으나 그때 일이 떠오를 때마다 지혜는 아

직도 악몽을 꾸고 있는 것 같았다. 한밤중에 걸려 온 전화. 그리고 이미 혼이 떠난 채 식어 있는 주검……. 졸지에 가장을 잃어버린 가족들이 부르짖던 통곡. 절망……. 뺑소니를 친 뒤 끝끝내 모습을 감추고 있는 운전사가 그녀는 야속했다. 이제 나타나봤자 죽은 아버지가 살아 돌아올 리는 만무하지만, 그래도 사고 날 때의 전후 사정과 진정이 담긴 그의 사과 한마디쯤은 꼭 받고 싶었다. 그날도 그녀는 그렇게 아버지를 생각하며 긴장한 채 전철역 승차장 앞에 서 있었다. 그러니까 그 남자를 처음 보게 된 게 그곳이었다. 언제부턴가 남자는 그녀 뒤에 서서 차례를 기다리고 있었다. 키가 큰 그 남자는 한 손에 신문을 들고 뭐가 그렇게 즐거운지 아침부터 입가에 미소를 물고 있었다.

그래도 그쯤은 괜찮았다. 서로 일면식도 없는 처지인 까닭에 그녀가 상관할 일은 없었다. 문제는 열차가 도착하자 그녀 뒤를 쫓아 오른 그 남자가 그녀 곁에 바짝 붙어선 다음에 일어났다.

열차는 다른 날과 다름없이 출근하는 사람들로 대만원이었다. 간신히 입구 쪽에 발을 올려놓은 지혜는 몸통조차 자유롭게 움직일 수가 없었다. 짐짝처럼 사람들 사이에 낀 그녀는 열차가 흔들릴 적마다 타의에 의해 흔들리고 있었다. 사람들이 타고 내릴 적마다 괴로

움은 더욱 가중되었다. 그 짧은 순간 일어나는 밀고 밀림에도 몸 하나 간수 하기가 버거웠다. 그러나 그쯤은 출근길에 의당 겪는 일이어서 이미 타성에 젖어있었다.

열차가 막 불광역을 출발하였을 때였다. 함께 흔들리는 무리 속에서 누군가가 지혜의 발등을 사정없이 밟았다.

아얏, 지혜는 자신도 모르게 외마디 비명을 질렀다. 눈물이 금방 핑그르르 돌았다. 그렇지만 그녀는 발을 빼 살펴볼 수도 없는 처지였다.

그때였다. 굵직한 남자의 목소리가 들렸다.

"미안합니다. 제가 딴생각하다가 그만……."

지혜는 얼른 머리를 들었다. 그 남자였다. 머리까지 긁적거리는 그는 정말 미안하다는 얼굴빛이었다. 아픈 정도로 봐서는 한 마디 된통 쏘아붙이고 싶었지만 지혜는 참았다. 아무 말도 하지 않았다. 미안하다는 사람한테 구태여 핀잔을 주는 게 무슨 소용이 있단 말인가. 거기다가 이미 엎어진 물이 아닌가.

하지만 문제는 그다음이었다. 당장 확인할 수는 없으나 통통 부어올라 멍이 퍼렇게 들어 있을 게 분명한 발등을 또 그 남자에게 인정사정없이 밟힌 것이었다.

"아야야……."

비명을 지른 지혜는 곧 남자를 노려보았다. 이제는 도무지 참을 수가 없었다. 입술이 파르르 떨렸다.

"도대체 발을 어디 두고 계시는 거예요?"

"이거 정말 미안하게 됐습니다. 어쩌다가……."

남자는 어쩔 줄 몰라 했다. 허리까지 수그려가며 사과를 거듭했다. 지혜는 이번에도 몹시 아팠지만 다시 분기를 가라앉혔다. 사실 이런 일이란 전철 안에서 비일비재하게 일어나는 일 아닌가. 특히 출근 시간대에는……. 지혜는 다만 자신이 다른 사람들보다 조금 재수가 없었을 뿐이라고 치부했다. 그러므로 일이 정말 여기에서 일단락되었다면 그 남자를 철면피로 여기는 불상사는 물론, 혐오하는 일 따위는 절대로 벌어지지 않았을 것이다.

그러나 아니었다. 지혜는 정말 아주 재수 없게도 그날 그 뒤로도 그 남자로부터 같은 발등을 두 차례나 더 밟힌 것이었다. 그쯤 되면 그것은 우연히 일어난 게 아니라 작심한, 폭력이나 다름없는 끔찍한 일이 아닐 수 없었다.

"저한테 무슨 유감이 있어요?"

내쏘는 지혜의 목소리에는 어느새 날이 퍼렇게 서 있었다.

"아닙니다. 천만에요. 어쩌다가 그만……."

울상이 된 남자는 연신 머리를 긁적거렸다.

그러나 지혜는 이번만큼은 그냥 간과해서는 아니 되겠다고 마음먹었다. 아무리 오지랖이 넓다손 치더라도 이대로 내버려 두었다가는 열차가 종로3가역에 도착하기도 전에 발이 남아날 거 같지 않다는 위기감이 엄습한 탓이었다.

"병원에 가야겠으니까 따라오세요."

"제가 말입니까? 왜요?"

"몰라서 물어요?"

"제가 오늘은 엄청 바쁜데요."

어눌하게 대꾸하는 그를 노려보면서 비겁하게 꽁무니를 빼려는 수작이라고 느낀 지혜는 더욱 그를 옥죄었다. 철면피. 그녀는 입술을 깨물었다. 주변 사람들의 시선 따위는 아랑곳하지도 않았다.

"책임을 지셔야죠. 그럼 남의 발등을 네 번이나 밟고도 그냥 넘어가려고 했어요?"

"고의가 아니지 않습니까?"

남자는 책임이라는 말에 동의할 수 없다는 표정으로 항변하기 시작했다.

"물론 그게 제 책임인 줄은 잘 압니다. 그렇지만 저도 그만한 사정이 있었습니다."

"그건 댁의 사정이고요."

지혜는 딱 잘랐다. 좋은 구경거리를 만났다는 듯 많은 사람이 자신을 쳐다보고 있었으나 그녀는 침착하게 자기 할 말을 뱉어냈다.

"아무튼 저는 종로 삼가에서 내리니까 같이 내리세요."

그러나 남자는 지혜를 따라 내리지 않았다. 바쁘다는 핑계로 명함 한 장을 건네주고는 경복궁역에서 먼저 하차했다. "치료비가 얼마 나올지 모르지만, 전화 주세요. 책임은 회피하지 않겠습니다." 철면피 같은 인간, 지혜는 어금니를 깨물었다. 그러나 지혜는 급히 계단을 오르는 그의 발걸음이 정상적이지 않다는 것을 금세 알게 되었다. 바쁜 듯 서두르는 그의 걸음이 절뚝거렸다.

그렇다면 다리를 저는 사람이었단 말인가. 지혜는 자신이 모질게 쏘아붙인 게 오히려 미안하다는 느낌이 들었다. 결국 지혜는 그 뒤 그 남자에게 연락을 취하지 않았다. 건네준 명함도 하루가 지나지 않아 쓰레기통에 던져버렸다. 퍼렇게 멍든 발등의 붓기는 일주일이 지나도 쉽사리 가라앉지 않았지만 그녀는 그것도 자신이 치를 액땜이라고 치부했다. 세상을 살다 보면 이런 일 겪는 게 어디 한두 번인가. 뺑소니차에 아버지도 잃는 판국인데……. 지혜는 길거리에서 만났던 그 남자를 다시 상종하지 않으면 그뿐이라고 마음을 다잡았다.

그러나 아니었다. 원수는 외나무다리에서 만난다고, 두 달 만에 출근길에서 그 남자와 다시 마주친 것이었다.

"오늘도 종로 삼가까지 가시는 겁니까?"

지혜에게 다가온 그 남자는 아는 체하며 다정하게 말을 걸었다.

"왜요? 오늘은 병원에 가주시려고요?"

지혜는 약이 올랐다. 더 이상 피할 수 없는 연결 통로까지 쫓아와 능글맞게 웃음을 던지는 그 남자를 보자 두 달 전 일이 생각나 더 밉살스러웠다.

"오늘 또 발등 밟히기는 싫으니까 제발 좀 저한테서 멀리 떨어져 주세요."

지혜는 도리질까지 해가며 외쳤다. 그러나 그 남자는 꿈쩍도 하지 않았다. 그녀를 내려다보며 오히려 반갑다는 투로 히죽히죽 웃으며 다가왔.

열차가 경복궁역을 지났으나 그 남자는 예전처럼 그곳에서 내리지도 않았다. 결국 그 남자는 지혜를 좇아 종로3가역에서 내렸다.

"어디 들어가서 우리 커피 타임을 갖는 건 어떨까요?"

"저는 댁하고 그럴 맘이 전혀 없는데요! 오늘은 제가 엄청 바쁘거든요."

지혜는 돌아보지도 않고 쌀쌀맞게 대꾸했다. 그래도 남자는 떨어지지 않고 치근거리며 쫓아왔다. 결국 지혜는 그 남자를 나 몰라라 그냥 내칠 수가 없었다. 그녀는 단 십 분뿐이라고 자신에게 다짐하고는 그 남자가 이끄는 대로 가까운 카페로 들어갔다.

"제 이름은 장명환입니다. 지난번에는 본의 아니게 실례를 범하여 미안하게 되었습니다. 변명같이 들으실지 모르지만, 그때에는 제 다리가 신통치 못했습니다. 아무쪼록 이해해 주셨으면 합니다……."

그 사내는 앉자마자 두 달 전의 일에 대하여 사과부터 늘어놓았다. 서두가 왠지 장황한 느낌은 있었지만 깍듯한 그의 말투가 싫지만은 않아서 지혜는 잠자코 듣고 있었다.

"그런데 왜 전화하지 않으셨어요? 그랬다면 제가 언제 다시 만날까, 전철역에서 아침마다 두리번거리면서 기다리지는 않았을 텐데 말입니다."

"그동안 제가 바빴다니까요."

지혜는 퉁명스럽게 대꾸했다. 그러자 그때까지도 히죽히죽 웃고 있던 그 남자가 비로소 정색하며 말을 이었다.

"아직도 화가 풀리지 않으셨군요? 그날은 그놈의 뺑소니 차 때문에……."

뺑소니, 순간 지혜는 귀가 번쩍 뜨였다.

"뭐요?"

지혜는 가슴이 뛰었다. 그렇다면 이 남자도 뺑소니를 당했단 말인가. 그녀는 갑자기 남자가 멀지 않게 느껴지기 시작했다. 그러나 남자는 그녀의 태도가 왜 갑자기 돌변했는지 이해를 못 하는 듯했다.

"물론 그 뺑소니 운전사는 잡혔지요. 그 바람에 몇 달 동안 저는 왼쪽 다리를 깁스한 채 답답하게 지내기는 하였지만……."

"잡혔다고요?"

지혜는 다급하게 물으며 눈을 아래로 내려 그의 다리 쪽을 건너다보았다. 그래서 그런가, 두 달 전과 달리 그의 다리는 멀쩡해 보였다.

"그럼요. 잡혀도 '아야' 소리 못하고 꼭 잡혔지요."

"어떻게요?"

남자의 이야기는 대략 이러하였다.

저녁 늦게 일을 마치고 집으로 돌아가던 그는 집 앞 골목에서 갑자기 빠르게 돌아 나오는 승용차를 발견했다. 비켜설 짬도 없었다. 속도를 제어하지 못한 승용차는 그대로 그를 밀어버렸다. 순간적으로 일어난 일이었다. 정신을 잃었던 남자가 눈을 뜬 곳은 병원이었다. 남자는 그러나 곧 자신이 뺑소니 차량에 당했다는 것을 알게 되었다. 피해자는 있었으나 가해자는 이미 그 모습을 꼭꼭 숨어버린 뒤였다. 남자는 난감했다. 하지만 그 운전사는 잘못 판단하고 있었다. 남자는 그날 밤 짧은 순간 자신의 뇌리에 각인되어 버린 그 승용차 번호의 앞자리를 어렵잖게 되살린 것이었다.

"경찰들의 말에 의하면, 음주 운전이었대요. 그러니까 멀쩡한 내가 술 취한 사람한테 한바탕 당한 셈이지요······."

이야기를 마친 그는 다시 히죽거렸다. 그러나 지혜는 이젠 그 웃음까지도 왠지 싫지 않았다. 그의 이야기를 듣고 있는 동안 아버지의 사고로 인해서 자신의 머릿속에서 좀체 가시지 않던 멍이 한꺼번에 모두 씻겨나가는 것 같은 느낌이었다.

"하필이면 깁스를 풀고 나서 첫 출근 하던 날, 이번에는 내가 그만 사고를 친 거예요. 그것도 생면부지의 숙녀 발등에다가 네 번씩이나······."

남자는 머리를 긁적거렸다.

아름다움이란 무엇일까. 어떤 것을 아름답다고 정의할 수 있을까. 크고 화려한 것만이 아름다운 것일까. 지혜는 갑자기 그 남자가 아름답다고 느꼈다. 자신이 마땅히 행하여야 할 일을 위해 몇 날 동안 그녀를 찾아 두리번거렸다는 것은 분명 작긴 하지만 아름다운 일이 아닐 수 없었다. 또한 생명이 경각에 달린 순간에도 침착성을 잃지 않았다는 것은 아름다운 게 틀림없었다. 그렇게 보아서 그런가. 그의 눈에는 그의 큰 키도 싱겁지 않게 보였으며, 커피잔을 들고 연신 까불어대는 다리까지도 아름답게 느껴졌다.

"그래서 다리는 지금 괜찮으신 거죠?"

출근 시간 탓에 바쁘게 일어서면서도 지혜는 살갑게 물었다. 그녀에게 이제 남자는 철면피가 아니었다. 그 남자와 헤어지고 난 뒤 그녀는 그가 결혼했는지 물어보지 못한 것을 곧 후회하기 시작했다. 그리고는 곧이어 이번엔 자신이 어쩌면 그걸 묻기 위해 전철역에서 그 남자를 기다려야 할 것 같다고 생각하며 혼자 웃었다. ✯

자유는 아름답다

 달포가 지나서야 그는 비로소 조금씩 거동하기 시작했다. 그동안 줄곧 자리보전한 채 누워 있던 몸통을 겨우 일으켜 세우고는 우리 안을 천천히 돌면서 걷기 연습을 시작한 것이었다. 몇 바퀴 걷다가 자춤거리는 품이 아직은 정상이 아닌 건 분명했으나 그래도 내가 보기에는 기적이라고 하지 않을 수가 없었다.
 "결국 살아났군. 기적이야, 기적. 이제부터 자네는 자네를 구해주신 주인님에게 평생 감사해야 할 거야."
 그러나 그는 묵묵부답이었다. 나의 농변조차 묵살한 채 판자 하나 사이에 있는 빈 우리 안을 혼자 어슬렁거리며 이따금 콧김만 무작스럽게 내뿜을 뿐이었다. 그럴 때마다 하늘을 향해 바깥으로 치솟은 그의 허연 송곳니가 더욱 날카롭게 빛났다. 걸음발이 아직 느리기는 하였으나 나는 그에게서 알지 못할 중압감을 느꼈다. 그것은 분명 달포 전 첫 대면하였을 때 죽은 것이나 다름없던 몰골과는 다른 모습이었다.

사실 주인이 처음 그를 싣고 들어와 비어있는 우리를 치우고 눕혔을 때만 해도 나는 그의 혼이 곧 뜰 것이라고 예상했다.
"어느 놈이 몰강스럽게 덫을 놓았을까. 불쌍하게……."
나는 그를 볼 적마다 혀를 찼다. 그러나 주인은 그렇게 생각하지 않는 모양이었다. 지극정성을 다했다. 다음 날부터 하루도 빠짐없이 아침저녁으로 찾아와 그의 몸을 돌보았다. 그러나 덫에 걸렸던 그의 오른쪽 뒷다리는 좀처럼 차도를 보이지 않았다. 사흘이 지나면서 겨우 의식을 되찾은 그는 주인을 보자 연신 거품을 품은 채 위협하며 경계했으나 결국 어쩔 수 없다는 걸 알았는지 주인이 상처 부위를 치료할 적에는 몸통을 내맡겼다. 그리고 닷새가 지나면서부터는 던져주는 음식도 남김없이 비우기 시작하였다. 곪았던 상처 부위가 아물기 시작하면서 눈빛이 살아나기 시작한 그는 그러나 주인의 은덕 따위는 아랑곳없이 다시 산으로 올라가기 위해서 기회를 호시탐탐 노리고 있는 게 분명했다.

그럴 적마다 나는 너무 뻗대어서 밉광스러운 그를 마뜩찮게 돌아다보면서 다시 주의 주는 것을 잊지 않았다.

"다시 달아날 생각일랑 하지도 말아. 너희들은 은혜도 모르냐?"

그러나 그는 나의 말이 시답지 않다는 듯 대꾸조차 하지 않았다. 어지러울 만큼 쉬지 않고 우리 안을 빙글빙글 돌던 그는 잠시 뒤 힘에 부친 듯 주저앉아 혓바닥으로 이제 막 아물기 시작한 상처를 핥았다. 그리고는 이따금 눈을 들어 울 바깥으로 넓게 펼쳐진 높은 산자락을 쳐다보곤 하였다. 결국 내가 그와 더불어 이야기를 나눌 수 있게 된 것은 그가 실려 온 지 석 달이 다 되어갈 무렵이었다.

어느 날 그는 뜻밖에도 주인이 부어준 밥을 양껏 먹은 뒤 식곤증에 취해 낮잠을 즐기고 있는 나를 깨웠다. 나보다 두 배는 더 긴 주둥이로 우리 바닥을 쑤셔대던 그는 그게 뚫을 수 없는 시멘트 바닥이라는 것을 비로소 깨달았다는 듯 판자벽에 바짝 기대어 씩씩거리며 나에게 말을 걸었다.

"너는 정말 못 말릴 거지 같은 놈이구나. 종놈의 근성이 아주 몸에 배어 있어. 줏대라고는 도무지 찾아볼 수 없는 놈이야."

 선잠을 깬 나는 그날따라 그의 눈매가 매섭다고 느꼈다. 그것은 그동안 그에게 텃세나 부리면서 때 없이 딴죽을 걸던 나를 머쓱하게 만들기에 충분한 것이었다. 아닌 게 아니라 다른 날 같았으면 그가 뇌꼴스러워서라도 울기를 한바탕 부렸을 테지만 나는 치뜨고 있는 그의 눈매와 마주치자 그만 고개를 숙이고 말았다. 하지만 그는 나의 기색 따위는 살펴볼 필요도 없다는 투였다. 단호한 얼굴로 이참에 나를 당조짐 해야겠다는 듯이 한 번 더 똑같은 말을 반복하였다.

 "이 세상에서 제일 불쌍한 놈들이 누군지 아냐? 바로 태어날 때부터 종놈의 근성이 머릿속에 배어 있는 너 같은 놈들이야. 육신은 꽁꽁 묶여 있으면서도 입에 풀칠할 것만 제때 던져주면 그게 고마워서 묶인 줄도 모르고 알랑방귀나 뀌어대는 그 타성에 젖은 몸짓들이라니……. 고향이 어디인지도 모르는 채 오직 이 시궁창 냄새나는 우리 안에서 태어나고 성장해 결국은 사람들을 위해서 자신의 몸뚱이를 제공하면서도 그게 자신의 운명이라고 자위하며 행복해하는, 불쌍한 놈들……."

 그의 말투는 여전히 투깔스러웠다. 하지만 내 귀에는 어딘지 모르게 그가 내뱉는 말이 따갑게 느껴졌다.

"너도 이미 눈치를 챘겠지만, 나는 곧 이곳을 탈출할 거야. 네 말대로 나를 살려준 주인이라는 사람한테는 좀 미안한 일이지만 그도 결국은 속셈이 있어서 나를 살려준 것이니까, 나는 괜찮다고 생각해."

나는 깜짝 놀랐다.

"그게 뭔데?"

"이런 바보. 내 몸뚱이지, 뭐겠어."

"탈출하면 어디로 갈 건데?"

"어디냐고? 내가 태어나 뛰어다니며 자란 고향이지 어디겠어? 그곳은 내 고향이기도 하지만, 옛날 옛적 네 조상들의 고향이기도 해. 너는 고향이 어떤 곳인 줄도 모르지?"

나는 그만 입을 다물고 말았다. 내가 어떻게 고향을 알 수 있단 말인가. 아무리 생각해보아도 그곳이 어떤 곳인지, 나는 도무지 떠오르지 않았다.

"고향……."

이윽고 그는 눈을 지그시 감은 채 이야기를 풀어놓았다.

"고향은 어머니 품 같은 곳이야. 마음껏 뛰어놀고, 어디든지 마음대로 갈 수 있는 곳이지. 한마디로 자유가 있는 곳이야. 자유, 너는 듣기만 해도 가슴이 뛰는 그게 무슨 말인 줄이나 아냐?"

그는 애처롭다는 눈빛으로 나를 쳐다보았다.

"자유란 목숨만큼이나 소중한 거야."

그가 나를 쳐다보며 허허롭게 웃었다. 그러나 나는 그를 따라 웃을 수가 없었다. 고향, 고향이 어떤 곳이라고? 나는 머리를 설레설레 흔들었다. 그가 내뱉는 말의 뜻이 무엇인지 기억이 없어 정확하게 이해할 수는 없었으나 지금 그를 붙들고 꼬치꼬치 캐물으며 따따부따할 처지도 아니었다. 다만, 나는 그동안 그에게 물색없이 굴었던 미욱함이 왠지 모르게 자꾸 부끄럽게 느껴졌다.

"그렇다면 내가 탈출할 때 너도 함께 갈래?"

그러나 나는 그의 제의에 쉽사리 동조할 수 없었다. 생각은 굴뚝같았으나, 그리고 그곳이 어떤 곳인지 알고 싶었으나 자신이 없었다. 그가 몇 번씩 자유의 소중함에 대하여 설명해주었지만 한번 뜨악해진 나의 마음을 다잡지는 못했다. 냄새나는 우리이긴 하지만 이곳을 떠난다는 것은 곧 죽음을 의미하는 것 같았다.

또 며칠이 지나갔다. 이윽고 그날 새벽 그는 결심을 굳힌 듯 우리를 둘러싼 판자벽을 몸통으로 힘껏 밀어 부수어버렸다. 힘이 대단한 줄은 알고 있었으나 떡심까지 그토록 강할 줄 몰랐던 나는 그만 넋을 놓고 말았다.

  그는 그렇게 떠나갔다. 부서진 판자를 주둥이로 한번 헤집고 울 바깥에 나선 그는 잠시 나를 가소롭다는 눈빛으로 쏘아본 뒤 바람처럼 산자락을 타고 떠나가 버렸다. 사라진 그의 자취를 더듬던 나는 그가 참 아름답다고 느꼈다. 그러나 나는 금세 돌아서고 말았다. 그가 말했던 것처럼 나라는 놈은 정말 어쩔 수 없다는 생각이 들었다. 그가 지금껏 나에게 열심히 심어준 자유보다 어느새 부서진 울 탓에 주인에게 덤터기는 쓰지 않을까, 하는 현실적 걱정이 벌써 앞서기 시작했다.

인과응보

　노을빛 아파트 '라'동 첫 번째 라인은 202호 김달식 씨(52세)가 기르는 강아지 때문에 늘 말썽이었다. 조그만 강아지가 어찌나 쉬지 않고 앙칼지게 짖어대는지, 그 라인에 사는 사람들은 누구를 막론하고 고개를 절레절레 흔들었다. 수면 방해는 물론이고, 학생들의 공부와 입주민들의 수면에도 장애 요소가 된다고 민원이 늘 잦았다.
　"무슨 강아지가 그렇게 요란하게 짖어댄대요?"
　"기르는 개는 주인을 닮는다더니, 꼭 그 짝 아니겠어요?"
　사람들의 불평은 그것만이 아니었다. 그 강아지는 사납기 또한 보통이 아니어서 넋을 놓고 곁을 지나가던 여자아이들이 울음보를 터트리는 것은 다반사였고, 또

실제로 물려서 옷자락이 찢진 경우도 있을 정도였다.

그러나 김달식 씨는 끄떡도 하지 않았다. 동네의 노인들까지 가세해 다른 데로 보내라고 강력히 권했으나 외눈도 꿈쩍하지 않았다. 관리소가 중재에 나서 보기도 하였으나 그것도 소용이 없기는 마찬가지였다. 내 집에서, 내가, 내 강아지 기르는데, 누가 감히 감 놔라 배 놔라 해. 그는 외려 큰소리치며, 배를 쑥 내밀고 꼿꼿한 자세로 공원 산책을 다니곤 했다.

그날도 아침부터 한바탕 소동이 벌어진 것은 202호 때문이었다. 음식물 쓰레기를 버리기 위해 계단을 내려오던 301호 아주머니가 느닷없이 나타난 강아지 때문에 혼비백산하여 그만 계단에 그것을 몽땅 쏟은 게 원인이었다. 그것 때문에 그 라인은 온종일 코를 들고는 다니지 못할 정도로 악취가 풍겼다.

"이게 도대체 무슨 일이야."

"정말 큰 일이네!"

일이 그쯤 되면 인사치레로라도 원인 제공자가 코빼기 정도는 보이는 게 도리가 아니겠는가. 사실, 사람 좋은 301호 아주머니도 아마 그렇게 되었다면 일을 그렇듯 크게 벌이지는 않았을 게 틀림없었다. 하지만 202호 김달식 씨는 그것조차 외면한 채 '나 몰라라'로 일관했다. 안면이 있는 몇몇 사람들이 나서서 중재해 보았으나 그것도 그는 아랑곳하지 않았다. 항의하기 위해 쫓아간 아주머니와 라인의 사람들이 몇 번 문을 두드린 후에야 겨우 모습을 드러낸 그는 오히려 더 큰 소리를 쳐댔다.

"아니, 우리 강아지가 잘못한 게 도대체 뭐요? 보슈, 이 쬐간한 게 뭐가 무섭다고 그렇게 호들갑을 떨다가 음식물 쓰레기를 계단에 쏟는단 말이요? 이 냄새 도대체 어떻게 할 거요?"

"그래도 도덕상 사과 몇 마디쯤은 해야 하는 게 예의 잖아요?"

"예의는 무슨 예의……. 이제 보니까 이 사람들, 지금 우리 강아지 쫓아내기 위해서 아주 짜고 왔구만 그래?"

그는 머리를 꼿꼿이 쳐든 채 퉁방울만큼 큰 눈을 아래위로 불량스레 굴리며 오히려 자그마한 일에 할 일 없이 떼거리로 몰려와서 야단들이라는 투로 대거리를 했다. 그의 말에 사람들은 더욱 흥분하지 않을 수 없었다.

"적반하장도 유분수지!"

본래가 막무가내인 줄은 알고 있었지만, 심성이 거기까지 막된 사람인 줄은 몰랐다면서 301호 아주머니는 더 이상 참을 수 없다는 듯 바락바락 악을 썼다. 결국은 관리소장이 불려왔고 경찰차까지 도착했다. 하지만 그들도 속수무책이기는 마찬가지였다. 고작 주의와 권고, 화해를 종용하는 게 전부였다. 날마다 눈 뜨면 볼 이웃 사이인데 웃으면서 지내세요. 그러자 김달식 씨의 목이 더욱 꼿꼿해진 것은 두말할 필요가 없었다.

"제집에서 강아지 한 마리 마음대로 키울 수 없다는 게 도대체 말이나 됩니까? 공산주의 국가도 아니고……."

그렇게 몇 달이 지나갔다. 그러자 그날의 사건도 사람들의 기억에서 차츰 희미해졌다. 그동안에도 202호의 강아지는 여전히 설쳐댔으며, 목을 곧게 세운 김달식 씨는 공원이다, 상가다, 자유롭게 돌아다녔다. 툭, 불거져 나온 큰 눈망울을 굴리면서 꼿꼿하게 걷는 그 특유의 팔자걸음은 사람들의 시선 따위를 아예 무시하는 듯했다. 그럴 적마다 사람들은 그를 아니꼽게 보았다. 하지만 뭐라고 말하는 사람은 아무도 없었다. 혹시라도 입을 잘못 열었다가는 덤터기나 쓰지 않을까 염려가 되었기 때문이다.

그러나 아니었다. 때는 때 대로 간다는 말이 꼭 들어맞는 사건이 마침내 터지고 말았다. 그것은 매우 우연히 생긴 일로, 그가 산책 삼아 늘 걷던 공원을 한 바퀴

돌고 막 내리막길로 접어들었을 때 터졌다. 어디선가 갑자기 나타난 커다란 도사견 한 마리가 미친 듯이 달려들어 그의 넓적다리를 물고 늘어진 것이었다. 그의 덩치는 보통 사람보다 훨씬 큰 편이었다. 그러나 그도 기습공격에는 속수무책으로 당할 수밖에 없었다. 길바닥에 쓰러진 그는 발버둥을 치며 외마디 비명을 질러댔다. 운동화가 벗겨지고, 모자가 날아갔으나 신경 쓸 겨를조차 없었다.

"사람 살려."

송곳니가 뚫고 들어간 넓적다리에서는 어느새 시뻘건 피가 흘러내리고 있었다. 그때 만약 사람들이 몰려들어 개를 떼어놓지 않았다면 그는 정말 어떤 봉변을 당했을지 모를 일이었다. 그러나 지은 죄가 있는 그는 개 주인에게 항의조차 변변히 하지 못했다. 결국 주위 사람들이 나서서 개 주인으로부터 치료비를 받아 내고, 백배사죄 받는 것으로 사건을 일단락지었다.

"그래도 이만한 것을 다행으로 아셔."
"이런 걸 인과응보라고 하는겨."
"누가 아니래남, 지두 한 번 당해봐야 사정을 안다니께."

개 주인의 말에 의하면, 그 개는 자신이 운영하는 개목장의 종견이라고 했다. 사고는 주인이 잠시 소피를 보느라 한눈을 파는 사이에 일어났다고 했다.

그의 꼿꼿하던 목이 수그러진 것은 그때부터였다. 301호 아주머니에게 머리를 조아린 것은 물론이고, 매일같이 라인이 제 세상인 양 시끄럽게 울어대던 강아지 소리가 사라진 것도 그 무렵이었다. 강아지 짖는 소리가 멈춘 것을 궁금해하는 사람들이 물으면 그는 머쓱한 듯 머리를 긁적거리며 이렇게 말했다.
"하도 시끄럽게 짖어서 고향 집으로 내려보냈습니다."

그 뒤로 노을빛 아파트 '라'동의 첫 번째 라인은 숲속처럼 조용했다.

그해 겨울은 따뜻했네

1996년 겨울은 몹시 추웠다. IMF로 얼어붙은 나라의 경제는 언제쯤이나 풀릴지 알 수 없는 일이었다. 나와 내 가정의 사정도 마찬가지였다. 엎친 데 덮친 격으로, 친구로부터 배신당한 나는 마음까지도 꽁꽁 얼어 있었다. 경영하던 출판사를 접은 것은 물론이고, 빚을 정리하기 위해 살던 아파트까지 처분한 뒤 그때 한창 개발 중이던 일산 신도시의 평수 작은 아파트에 전세하기에 이르렀다.

그러나 나는 춥고 매몰찬 겨울이라고 그대로 주저앉아 슬퍼할 수도 없는 형편이었다. 나에게는 아내와 아이들의 입이 있었다. 하늘이 무너져도 솟아날 구멍은 있다는데……. 그래서 이사한 다음 날부터 나는 다시 뛰기 시작했다. 일자리를 찾아 여기저기 기웃거리면서 발버둥을 쳤다.

하지만 그것은 나의 생각일 따름이었다. 몇 달 전까지만 해도 스스럼없이 지내던 사람들도 못 본 척하기 일쑤였다. 원효로, 을지로, 마포, 내 집 드나들 듯하던 곳 어디에도 나를 반기는 사람은 없었다. 몇 날 며칠을 아침부터 기웃거려 보았으나 허사였다. 그래서 늘 저녁에는 허기진 걸음으로 신촌역에서 내려 일산으로 들어가는 버스에 후줄근해진 몸을 싣곤 하였다.

추락의 끝은 어디일까. 그럴 적마다 차창에 비친 내 모습을 들여다보며 나는 죽음을 생각했다. 차라리 죽는 편이 더 편할 것 같았다. 비로소 자살하는 사람들의 심경을 이해할 수 있었다.

그런 어느 날이었다.

그날도 변함없이 아침부터 원효로에서 시간을 보낸 나는 을지로 인쇄골목까지 거친 뒤 저녁 무렵 을지로3가역에서 전철을 탔다. 승객이 많지 않았던 탓에 다행히 자리를 차지할 수 있었던 나는 도대체 이 어둡고 추운 겨울이 언제쯤이나 끝날까, 한숨을 쉬며 흔들림 속에 몸을 맡긴 채 눈을 감고 있었다.

열차가 막 시청역을 지날 무렵이었다.

"……이 장갑을 백화점에서 사려고 하신다면 단돈

오천 원에는 구경도 할 수 없을 겁니다. 적어도 이만 원은 줘야 만져볼 수 있는 장갑이지요. 그러나 지금 우리 경제가 어떻습니까. 말씀이 아니지요? 회사도 마찬가지입니다. 그으래서, 이번에 회사에서는 울며 겨자 먹기로 생산원가에도 미치지 못하는 단가로, 여러분에게 이 수입산 양피 장갑을 들고 직접 저희가 나서게 된 것입니다. 어쨌든 부도는 막아야 한다는 일념으로……."

호객행위를 하는 장사치였다. 나는 관심도 기울이지 않았다. 그런데 이상했다. 왠지 그 말소리가 자꾸만 낯설게 느껴지지 않았다.

"하늘 보고 주먹질 하면 뭐하겠습니까. 그래도 살아남아야 훗날을 기약할 수 있지 않겠습니까. 그으래서, 보다 못해 생산 라인에 있는 저희까지 이렇게 길거리로 나선 것이니까, 저희를 믿고 지나갈 적에 하나씩 구입해 주시면 감사하겠습니다. 장담하지만, 누구든지 이 장갑 하나면 올겨울은 따뜻하게 보내실 수 있을 것입니다."

나는 감았던 눈을 떴다. 그리고는 흔들리는 열차 안에서 장갑을 나누며 날렵하게 움직이는 그를 자세히 살펴보았다. 틀림없었다. 임영호……. 그는 2년 전 나를 찾아와 한 번만 살려달라면서 2백만 원을 빌려 간 뒤 갚지 않고 자취를 감춘 바로 그 위인이었다. 그런데 그가 여기에 웬일일까. 나는 몇 번이고 눈을 비볐다. 그러나 한 손에 장갑을 들고 있는 그는 임영호가 분명했다.

당시 내가 그에게 돈을 빌려준 것은 나름대로 복안이 있었기 때문이었다. 사실 그가 갚지 않는다고 하더라도 나로서는 크게 손해 볼 게 없었다. 책을 출판하기 위해서는 반드시 거쳐야 하는 과정인 제판비에서 그 금액을 공제하면 그뿐인 까닭이었다.

그러나 그것은 나의 착각이었다. 그 후 몇 차례 찾아갔으나 그는 끝내 종무소식이었고, 나는 결국 쓴 입맛을 다시며 닫힌 제판실 앞에서 발길을 돌릴 수밖에 없었다. 처음엔 야속한 마음을 금할 수 없었지만, 시간이 지나면서 나는 차츰 마음을 가라앉혔다. 그를 잊어갔다. 구태여 따지자면 그 일은 처음부터 밑져야 본전이라고 계산을 했던 내 잘못도 있었으므로 누구를 탓할 일도 아니었다.

단돈 오천 원입니다……. 좌석을 돌던 그가 마침내 내 앞으로 다가왔다. 손등으로 안경을 치켜올리는 버릇까지가 그는 예전과 조금도 변한 데가 없었다.

"임 사장!"

나는 그가 장갑을 내밀었을 때 불쑥 그의 손을 잡았

다.

그는 당혹해하는 표정이 역력했다. 그러나 곧 내가 누구라는 걸 알고는 굳었던 얼굴을 풀었다.

"어쩐 일이십니까? 승용차는 어쩌시고, 전철을 타셨습니까?"

"그렇게 되었네."

나는 웃고 말았다.

신촌역에서 내린 우리는 근처에 있는 포장마차로 들어갔다.

그때까지도 그를 만났다는 게 믿기지 않는 나는 꿈을 꾸고 있는 것 같았다. 아무리 절묘한 타이밍이라고 하더라도 어떻게 그 시각에 내가 그 열차를 탔고, 또 그가 탈 수 있었을까. 나는 곡 삼류소설을 읽는 기분이었다.

소주를 몇 잔 주고받자 그가 먼저 말문을 열었다. 그는 사죄를 드린다면서 몇 차례 머리를 조아린 뒤, 자신이 도피할 수밖에 없었던 것은 결국 겁 없이 빌려 쓴 사채 때문이었다고 토로했다.

"그래서 지금은 먹고살 만한가?"

"지금도 어렵긴 마찬가지지요. 그게 어디 금방 회복되나요? 그렇지만 말씀을 들어 보니 사장님보다는 그래도 제 형편이 조금은 나은 듯싶네요. 지금은……."

 나는 얼굴 가득 쓴웃음을 지었다. 그것은 맞는 말이었다. 그래도 그는 전철 안에서 떠들며 장갑이라도 파는 직업을 가지고 있었으나 나는 그나마도 없지 않은가. 도대체 호구지책에 지식과 학식이 무슨 소용 있단 말인가. 나는 그가 채워주는 잔을 연거푸 비워냈다.

 술의 힘은 대단했다. 그때까지 누구에게도 속내를 꺼내 본 적이 없었던 나는 술이 들어가자 내 속사정을 그에게 거침없이 쏟아냈다. 십여 년이나 어린 사람에게 신세타령하며 꺼이꺼이 울기까지 한 것이었다.

 그러나 그는 조금도 싫어하는 기색이 아니었다. 오히려 나를 이해한다는 투로 때로는 한숨을, 또 때로는 맞장구를 쳐주곤 하였다. 나는 오랜만에 내 편을 만난 기분으로 그가 건네는 술을 마다하지 않았다.

 다음 날 나는 결국 응암동 지하에 있는 그의 집에서 깨어났다. 어떻게 체면 없이 그곳까지 들어왔는지는 기억이 나지 않았다. 아무래도 빈속에 술을 너무 과하게 마신 모양이었다. 그의 아내가 끓인 황태국도 모래알을 씹는 것처럼 서걱거려 도무지 넘길 수가 없었다.

 "지금부터 드리는 제 말을 고깝게 생각하지 마시고 들어 주세요."

 출근을 준비하면서 그가 말했다.

"걱정하지 마세요. 어젯밤 우리 집으로 가자고 한 것은 정 사장님이 아니니까요. 아무래도 제 거처를 알려드려야 할 것 같았어요."

그는 그리고 이어서 자신의 연락처와 전화번호까지 가르쳐주며, 통장 번호를 적어달라고 메모지를 내밀었다. 그는 말끝에 힘을 주면서 이제부터는 자신이 갚을 차례라고 했다. 한꺼번에 모두 갚을 능력은 없지만 매달 조금씩이나마 이자까지 쳐서 갚겠다는 것이었다. 그럴 능력이 되느냐고 내가 묻자 그는 지금은 자신보다 내가 더 급한 것 같다면서 소리 없이 웃었다.

"그러니까 오늘부터는 더 열심히 전철을 타야죠, 뭐."

거리로 나선 그는 황소처럼 연신 입김을 뿜어댔다. 걸음을 옮길 적마다 겨울 햇살이 그의 등을 떠밀고 있었다.

우리는 버스정류장 앞에서 헤어졌다. 그는 버스에 오르는 나를 향해 손을 흔들며 외쳤다.

"혹시 서울역에 가보셨어요? 오늘이라도 꼭 가서서 확인해 보세요. 노숙자들이 얼마나 많이 늘었는지, 끔찍할 정도예요. 그에 비하면 아직 거기까지 가지 않았다는 것만으로도 사장님과 저는 행복하지 않아요?"

그 뒤로 그는 정말 약속대로 매달 2십만 원씩 내 통장에 꼬박꼬박 입금했다. 입금 일자는 가끔 변동이 있었으나 입금하지 않은 달은 한 번도 없었다. 덕분에 그해 겨울을 나는 따뜻하게 보낼 수가 있었다.

2년이 흐른 어느 날, 나는 그를 찾았다. 염치없이 원금의 두 배 이상을 받았으니, 이젠 입금하지 말라고 알리기 위해서였다. 하지만 그는 연락이 되지 않았다. 집도 이미 이사 간 뒤였다.

우리가 정말 사랑을 알까

 그 소식을 들은 친구들은 처음엔 긴가민가하다가 나중엔 그를 노망든 노인네, 또는 허릅숭이라고 불렀다. 그것은 사랑도 다 때가 있는 법인데 좋은 시절인 오륙십 때는 내버려 두고 늙어빠진 팔십 문턱에 들어서서 사랑할 건 무어냐는 데에서 던지는 지청구라고 할 수 있었다. 물론 사랑엔 나이도 국경도 재산의 많고 적음도 구애받지 않는다는 것쯤은 친구들도 익히 알고 있었다. 그러나 어쨌든 그것도 조금 젊을 때 해야 하지 않느냐는 것이었다. 건물을 가지고 있고, 30여 년 전에 상처하고, 자녀들 모두 출가시키고 혼자 산다는 건 분명 좋은 결혼 조건이지만, 그래도 세상의 눈도 의식해야 하지 않느냐는 게 중론이었다. 그래서 어쩌다 모임이라도 있는 날이면 친구들은 그의 이야기를 안주 삼아 떠들어대며 손사래 치기 일쑤였다.

그래도 박유택 씨는 꿈쩍하지 않았다. 한 여름철인데도 다른 노인들처럼 방구석에 처박혀 있거나 부채 하나 들고 그늘을 차지하려고 들지 않았다. 더위도 더운 줄 모른 채 얼굴 가득 웃음꽃을 피워물고 바쁘게 움직이고 있었다. 그도 그럴 것이 누가 뭐라고 하든 말든 그 나이에 어울리지 않게 새장가를 들겠다고 선언하고 나선 까닭이었다.
"정신 차려, 이 사람아."
같은 단지에 사는 한진구 씨가 종주먹을 들이대며 말려 보았으나 헛수고였다.

상대는 가람아파트 단지에서 거리 하나 떨어져 있는 보람빌라에 사는 서경순 씨였다. 올해 예순셋인 서경순 씨는 박유택 씨가 그럴수록 남사스러우니까 좀 조용히 치르자고 얼굴을 찡그리는 모양이었다.

두 사람은 약 3년 전 문화센터에서 만났다고 하는데 처음엔 물론 결혼까지 생각하지 않은 듯했다. 박유택 씨의 말에 의하면 그냥 서로 외로운 처지니까 친구로 지내자고 한 게 어찌어찌하다 보니까 여기까지 오게 되었다고 했다.

그날도 한진구 씨는 그 문제도 의논할 겸 박유택 씨

를 만나 점심을 먹다가 그의 말을 듣고는 실소를 터트렸다. 둘도 없는 친구 사이라고는 하지만 정말 알다가도 모를 게 남녀 관계라는 걸 새삼 깨닫게 되었다. 매사에 꼼꼼하기로 소문났고, 돌다리도 두드려보고 걸을 만큼 철저한 친구가 그 애기를 할 적에는 왜 어린아이처럼 변할까, 이해가 되지 않았다. 미쳐도 단단히 미쳤다고 생각한 한진구 씨는 한번 만나서 말려 보라는 친구들의 부탁 말은 꺼내지도 못했다.

그 뒤부터 두 사람은 함께 젊은이들처럼 카페를 돌아다니며 커피도 마시고, 식사도 나눈 모양이었다. 그런데 이상한 것은 날마다 그렇게 붙어 다니니까 자신도 모르는 사이 저 사람이 내 사람이 되었으면 하는 마음이 싹 트더라는 것이었다. 그러나 박유택 씨는 그게 사랑이라는 건 줄은 몰랐다고 머리를 흔들었다. 처음 결혼 애기를 꺼내자 서경순 씨는 머리를 도리도리하더라고 했다. 그래도 그는 밀어붙였다고 했다. 왜, 안된다는 겁니까. 아니, 왜? 결국 어렵게 승낙까지는 얻어냈으나 문제는 그 뒤부터더라고 했다. 그 뒤에 닥친 난관이 당사자의 승낙을 받는 것보다 더 어려웠다는 것이다. 그 가운데에서도 그는 자식들의 반대가 가장 큰 장애였다고 했다. 그러니까 그가 그동안 얼굴 바짝 쳐들고 공공연히 결혼을 떠벌리며 다닌 것도 따지고 보면 그 같은 자식들의 반대를 물리치기 위해 고안해낸 자신만의 방법이라고 자랑했다.

"그래 요즘 아이들의 반응은 어때?"

"아직 진행 중이야. 하지만 작년보다는 많이 누그러들었어."

"도대체 아이들이 뭣 때문에 그러는 거야?"

"……"

그는 대꾸를 미루었다. 그러나 한진구 씨는 짐작이 되었다. 그 자녀들은 박유택 씨의 재산, 즉 큰 거리에 있는 팔 층짜리 성아빌딩이 혹시라도 그녀의 수중에 들어가지 않을까, 노심초사하고 있는 게 틀림없었다. 그래도 그는 한진구 씨가 대놓고 자녀들을 향해 핀잔을 퍼부으면 듣기 싫은 듯 아이들은 사회 생활하는 자신들의 체면을 고려해 달라는 것이었다고, 변명을 늘어놓았다.

"그래, 식장은 잡았어?"

"식장은 무슨……. 난 꼭 으리으리한 예식장에서 하자는 게 아니야. 복지센터면 어떻고, 작은 교회면 어때. 난 상관없어. 다만, 많은 하객 앞에서 보란 듯이 사랑하고 있다는 걸 공포하고 싶다는 거지. 그런데 그 사람이 자꾸 식구들끼리 그냥 한자리에 모여 저녁 식사나 같이 나누는 걸로 하자고 해서 걱정이야."

그는 머리를 긁적거렸다.

"그래서 어떻게 할 참이야?"

"아직 대답하지 않았어."

"그럼 신혼여행은?"

"글쎄 그것도 그 사람이 쑥스럽다고 하는 바람에 아직……."

한진구 씨는 그의 말을 듣다가 다시 실소를 터트렸다. 뭐야, 그럼 결혼한다고 왜 떠벌리고 다녔어. 한진구 씨는 까딱 잘못하면 친구들 우려대로 결혼 자체가 파투 날 수도 있겠다는 불길한 예감이 들었다.

"그래서, 그 여자 말대로 할 거야?"

"아니지. 끝까지 설득해야지. 지금까지도 그래왔잖아. 자네도 내 고집 센 건 알지?"

한진구 씨는 그의 고집이 학교 다닐 때부터 유명했다는 걸 상기하며 머리를 끄덕거렸다. 그래도 노파심에 한 마디 덧붙이지 않을 수 없었다. 결혼하기 전부터 그렇게 끌려다니면 나중엔 목줄 달린 강아지 꼴 되기 십상이라고 했으나 그는 자신 있다는 투로 머리를 설레설레 흔들었다. 그날 그는 도가니탕을 국물까지 남기지 않고 말끔히 비웠다.

한 달이 지났으나 그는 여전히 결혼한다고 동네방네

떠벌리고 다녔다. 한진구 씨가 보기에는 아슬아슬한 국면을 넘긴 듯했다. 건물에 임대한 업체들의 대표들도 그 소식을 전해 듣고는 벌린 입을 다물지 못했다. 팔십이 다 된 노인네가 결혼한다는 게 그 사람들 눈에도 이상하게 비치는 모양이었다. 그러나 그는 조금도 개의치 않는다는 얼굴이었다. 오히려 겉으로나마 축하한다고 말하면 부끄러운 줄도 모르고 고맙네, 고마워, 하며 잇몸이 보이도록 활짝 웃고 다녔다.

하긴 두 사람의 교제가 흠이 되는 건 아니었다. 이제는 세상이 바뀌어서 나이 든 노인네들의 이성간 교제는 흔한 편이었다. 그래도 다 큰 손자들까지 두고 있는 마당에 그가 결혼하겠다고 당당하게 공표했다는 것은 그만큼 용기가 필요했을 것이라고, 한진구 씨는 생각했다. 친구들 가운데도 박유택 씨 같은 형편의 사람은 많았다. 외로움에서 오는 불안과 엄습하는 질병의 두려움. 그것을 씻는 데에는 의사가 처방해주는 약보다 사람과 사람의 교제가 더 효과적이라는 건 그들도 잘 알고 있었다. 다만 용기가 없어 그것을 실행하지 못하고 숨어서 만나고 있다는 것뿐이었다.

한진구 씨가 본 서경순 씨의 모습은 나이에 비해 맑고 단아한 느낌이었다. 소문이 나기 전부터 두 사람이 붙어서 걷는 모습을 몇 번 단지에서 목격한 적이 있는

데, 꽤 음전해 보였다. 칠순이 가깝다고는 하나 흰색 계통의 옷을 입었을 때 봐서 그런지 깨끗하다는 인상이었다. 박유택 씨도 그녀의 그런 점이 마음에 들었다고 했다. 말수가 적어 데이트할 적에는 오히려 자기가 더 많이 떠든다고도 했다.

며칠 뒤였다. 저녁 늦게 같은 단지에 산다는 이유로 무단출입하던 박유택 씨가 그날도 '검은 콩 두유' 한 상자를 들고 한진구 씨의 아파트를 갑자기 찾아왔다. 어디에선가 술을 한잔 걸친 듯한 그는 그날 입을 열 적마다 술내를 풍기면서도 그동안 숨겨놓았던 그녀와의 관계를 소상히 털어놓았다. 아마도 그동안 혼자 안고 있는 짐이 괴로웠던 모양이었다.

"연애도 젊었을 때하고는 달라. 젊었을 때는 겁나는 게 없잖아. 오히려 자랑하며 다녔지……. 근데, 아니야. 나이가 드니까 숨길 게 너무 많은 거야. 또 걸리는 건 어찌 그리 많은지……."

그날 박유택 씨는 처음으로 자식 얘기도 꺼냈다.

"자기들도 다 연애해서 결혼했잖아. 난 반대한 적이 한 번도 없었어. 가정 형편도, 가문도 따지지 않았어. 물론 묻고 싶은 것도 많았고, 또 조금 부족한 데도 있었지만 입을 다물고 축하해 주었지. 자기들이 죽고 못

산다는데 내가 그걸 어떻게 막겠어?"

박유택 씨는 예의 그 사람 좋은 웃음을 헤프게 흘리며 상자를 뜯었다. 밍밍한 맛이 구미에 맞지 않았으나 한진구 씨는 그가 권하는 대로 구멍에 빨대를 꽂았다. 술기가 약간 올라 있는 그는 한진구 씨에게 틈을 주지 않고 계속 빠른 말투로 뒷말을 이었다.

"나도 다 알아. 갈 때가 다 된 늙은이가 무슨 망령을 부리는 거냐고, 뒤에서 수군거린다는 거. 그런데 그게 아니잖아. 정말 사랑을 한다면 하루를 살아도 떳떳하게 살다가 가야 하는 거 아니야? 그게 사랑이잖아. 숨어서 몰래 한다는 건 사랑을 모독하는 행위야. 그런데 뭐가 문제인 줄 알아? 우선 주변의 눈총이야. 자네도 처음엔 그런 눈으로 나를 봤지? 나도 알고 있었어. 그 사람이 조용히 치르자고 하는 이유도 사실은 다 그것 때문이었지. 그다음은 자식놈들이야. 자기들은 모두 짝지어 알콩달콩 살면서 왜 혼자 사는 아비 입장은 전혀 고려하지 않는 거야. 오히려 자기들의 얼굴에 먹칠한다고 난리들이잖아. 문중은 또 어떻고? 대놓고 뚱딴지같은 짓을 해서 조상 욕보이지 말라고 통박까지 주더라니까."

박유택 씨는 그래서 더욱 백일하에 자신의 사랑을 드러내어야겠다는 마음을 먹게 되었다고 했다. 진정으로 상대를 사랑한다면 그래야 하는 거 아니냐고 하면서 그는 또 한 차례 웃었다.

그는 오래 앉아 있었다. 미적거리는 품이 뭔가 할 말이 더 있는 것 같았다. 아마 한진구 씨가 그만 일어나라고 하지 않았다면 밤새 눌러앉아 있었을지도 모를 일이었다. 그날 밤 한진구 씨는 비로소 그를 조금 이해할 것 같았다. 그랬구나, 얼마나 힘들었을까. 한진구 씨는 친구들이 모두 그를 망령 난 허룹숭이라고 놀릴 적마다 말리기는커녕 오히려 앞장서서 동조했던 자신이 비로소 부끄러웠다.

"그래도 주변에서 어떤 사람들은 자네를 사랑의 승리자라고, 부러워하기도 해."

"사랑의 승리자는 무슨……."

"그래도 아무튼 승리한 건 맞잖아. 용기도 가상하고……."

"그거야……."

아파트를 벗어나기 전에 그는 자식들이 예식장만큼은 남들에게 우세스러우니까 그냥 사는 게 어떠냐고 했을 적에도 분명히 '노우'를 외쳤다고 했다. 아비에게 선심 쓰듯 던지는 양보는 진정한 양보가 아니라는 것이었다.

"나는 단 며칠을 살더라도 그 여자와 떳떳하게 살고

싶다는 것 하나뿐이야. 사실 우리가 살면 얼마나 더 살겠어, 안 그래?"

그는 사랑의 순수성과 열정이란 나이와 상관이 없는 것 아니냐며 다시 웃었다.

"아들놈은 아직도 그렇게 되면 일이 복잡해진다고 끌탕이야. 그렇지만 나는 그렇게 생각하지 않아. 자기들 딴에는 뭐 유산 상속 문제 같은 걸 염두에 두고 하는 소리 같지만, 쥐뿔이나……. 그게 어떻게 자기들이 차지할 몫이라고 여기는 거야? 그게 자기들만의 권한은 아니잖아?"

그는 또 헤헤거렸다. 한진구 씨는 그 웃음 속에 감추어진 그의 속내를 새삼 깨닫고 시선을 돌렸다.

그날 박유택 씨는 밤이 이슥해서야 일어났다. 술기가 제법 올라 있었지만 그래도 발걸음만큼은 힘이 넘쳐 보였다.

결혼은 박유택 씨가 계획한 대로 잘 진행되어가고 있었다. 서경순 씨의 발길도 잦아졌다. 흰색 계통의 외투를 입은 그녀의 모습이 단지 안에서 자주 눈에 띄었다. 그뿐만이 아니었다. 그가 공표한 날짜가 임박하면서 그동안 드문드문하던 박유택 씨 자녀들의 방문도 그 빈도가 잦아졌다.

친구들 사이에서도 박유택 씨의 결혼은 초관심사가 아닐 수 없었다. 특히 비슷한 입장의 친구들은 동병상련을 앓는 듯 그의 일거수일투족을 주시했다. 처음 허릅숭이라고 놀리던 친구들도 차츰 그의 당당한 행보를 보고는 부러워하거나 응원하는 쪽으로 기울어졌다.

"잘 될까요?"

한진구 씨가 산책에 나서면 만나는 사람들이 알아보고 묻기도 하였다. 그럴 적마다 한진구 씨는 자신 있게 대답해주었다.

"잘 안될 일이 없잖아요?"

사실, 한진구 씨가 생각해봐도 문제 될 일은 없었다. 문제 될 일은 그가 나서서 벌써 처리했다고 볼 수 있었다. 본디 사랑이란 게 젊은이들만의 전유물은 아니지 않은가. 그런 의미에서라도 한진구 씨는 그가 이번에 반드시 결혼식을 올려 많은 늙은이에게 희망을 주어야 한다고 생각했다.

예정대로 박유택 씨의 결혼식은 그해 여름이 다 가기 전에 백석역 근처에 있는 Y예식장에서 성대하게 거행되었다. 정말일까, 의구심을 가졌던 단지 사람들과 친구들은 청첩장을 받고 거의 모두 참석했다. 신랑 입장이 있자 박유택 씨는 당당하게 걸어들어왔다. 팔십이 넘은 노인네 같지 않은 씩씩한 걸음걸이였다. 그래서 그럴까, 얼굴도 한 십여 년은 더 젊어 보였다. 그 모습을 보면서 한진구 씨는 정말 사랑이란 게 뭘까, 생각하다가 자신도 모르게 웃음을 터트렸다. ✯

| 발문 | 황충상 소설가

인생 사유의 드넓은 글

'사랑의 향기' 그 꼬리도 잡을 수가 없었다

'껍데기' 다시 흰소리를 내뱉기 시작했다

'아름다운 황혼' 그래서 고작 이렇게 산단 말인가

'앵무새가 실종된 이유는' 마지막 사랑이다

'황제의 종말' 땅바닥에 그대로 널브러져 있었다

'운수 나쁜 날' 하늘에는 달도 별도 보이지 않았다

'무제' 그는 이미 가고 없었다

'그러나 우리는 짖지 않았다' 그런데 그게 글쎄 잘될까

'할머니의 고향' 나는 비로소 알 것 같았다

'덧없는 노래' 그러니까 내가 뭐라고 그랬어?

'아낙군수' 에잇, 미친놈들

'메아리' 그렇다면 피장파장이군

'꽃돼지의 미소' 우리 안에 남은 우리는 모두 기절하

고 말았다

 '출행' 감태산의 봉우리가 이제 막 어둠의 허물을 벗고 있었다

 '어느 날, 하루' 짧은 해가 떨어지자 바깥은 어느새 어둠이 깃들었다

 '슬픈 죽음' 그것도 복이라 했다

 '앞이 캄캄합니다' 하늘의 뜻은 정말 알 수 없습니다

 '우리들의 나라' 아무리 훈련을 시켜도 우리는 그냥 우리일 뿐이었다

 '아, 옛날이여' 그녀는 먼데서 바라보아도 단연 군계일학처럼 돋보였다

 '허상의 하늘' 지렁이들의 세계에서도 애환은 끊임없이 이어졌다

 '아름다운 사람' 그녀에게 이제 남자는 철면피가 아

니었다
 '자유는 아름답다' 자유란 목숨만큼이나 소중한 거야
 '인과응보' 그래도 이만한 것을 다행으로 아서
 '그해 겨울은 따뜻했네' 나는 꿈을 꾸고 있는 것 같았다
 '우리가 정말 사랑을 알까' 생각하다가 자신도 모르게 웃음을 터트렸다

 스마트소설 제목에 이은 문장은 작품에서 채록한 것입니다. 군더더기 생각이 범접할 수 없는 정수남 선생의 글에 발문으로 예를 갖추는 길은 이 방법밖에 없습니다. 짧지만 단단한 선생의 글이 인생을 해석하는 데 드넓습니다. 특히 순 우리말이 보석처럼 박힌 문장에 절합니다. ✤

우리가 정말 사랑을 알까

1쇄 발행일 | 2025년 06월 16일

지은이 | 정수남
펴낸이 | 윤영수
펴낸곳 | 문학나무
편집 기획 | 03085 서울 종로구 동숭4나길 28-1 예일하우스 301호
이메일 | mhnmoo@hanmail.net

출판등록 | 제312-2011-000064호 1991. 1. 5.
영업 마케팅부 | 전화 | 02-302-1250, 팩스 | 02-302-1251
ⓒ 정수남, 2025

값 17,000원
잘못된 책은 바꾸어 드립니다
지은이와 협의로 인지는 생략합니다
무단 전재 및 복제를 금합니다
ISBN 979-11-5629-187-9 03810